泥土的芬芳

周福田／著

陕西新华出版
太白文艺出版社·西安

图书在版编目（CIP）数据

泥土的芬芳 / 周福田著. -- 西安：太白文艺出版社，2025. 1. -- ISBN 978-7-5513-2933-0

Ⅰ. I267

中国国家版本馆CIP数据核字第2025F38N66号

泥土的芬芳
NITU DE FENFANG

作　　者	周福田
责任编辑	李明婕　林　兰
封面设计	杨　桃
版式设计	宁　萌
出版发行	太白文艺出版社
经　　销	新华书店
印　　刷	四川科德彩色数码科技有限公司
开　　本	880mm×1230mm 1/32
字　　数	169千字
印　　张	6.75
版　　次	2025年1月第1版
印　　次	2025年1月第1次印刷
书　　号	ISBN 978-7-5513-2933-0
定　　价	79.00元

版权所有 翻印必究
如有印装质量问题，可寄出版社印制部调换
联系电话：029-81206800
出版社地址：西安市曲江新区登高路1388号（邮编：710061）
营销中心电话：029-87277748　029-87217872

人情练达即文章

肖 梁

夜已深，挑着灯，静下心来，敲起键盘做这份特殊的作业，我的心头倏然有一种奇怪的感觉：人哪，仿佛是一种会说话、讲情面的"怪物"。比如，有些人相处十几年，似乎熟悉得不能再熟悉了，其实貌合神离，形同陌路；而另一些人，乍一见面，便心有灵犀，一点就通，如同上辈子就是金兰之交。周福田与我之间，显然属于后者。

有人说我"喜欢写点东西"，其实，这多半是误解。对我来说，笔力有限，"写点东西"，很烧脑，挺累的，说喜欢，真谈不上。早年，写新闻稿、起草公文，那都是为了谋生，后来写散文、写报告文学之类的东西，那也不是因为喜欢，往往是情不可却，或是责无旁贷。而在"写点东西"之中，为他人出书写序，是我的笔力难以承受之重，是"最不喜欢"的。然而，此刻，我正做这件"最不喜欢"的事——为周福田的散文集《泥土的芬芳》，写几句话，聊作序文。

1988年，周福田走出衢州师范学校，站上三尺讲台，一站就是三十六个春秋，涉足科学、音乐、美术、法律等学科领域，其中，担任中学语文教师长达二十五年，先后做过十七年的中学校长，曾荣获"优秀校长"的称号。不消说，为这样一个高级教师的文集写序，才疏学浅的我，自是底气不足，力不能支。况且，在这之前，我与他仅有一面之交，彼此仅说过三五句话，照理，这个"单子"，不敢接，也可以不接啊！可有趣的是，周福田的一个电话，居然让我壮着胆子接了。

的确，起初，我是坚决拒绝的。除了说自己笔力不足，还说最近心情有点儿烦，看书稿怕眼睛流泪，等等。要是换作是我，听了对方这么说，肯定尴尬地挂了电话，可周福田却不管我怎么说辞，他总是迂回着提出一个个想法，表达他发自肺腑的诚意。看我犹豫不决，他又说，鼓起勇气打给我这个电话之前，他事先征求过一些朋友的意见，他们也建议这个序文最好还是让我来写。他的这些朋友中，也有我的好友。我一听，麻烦了，如果还执意拒绝，谁的面子都有些过不去啊。愣了一下，我欣然答道："如果这样说，那我只能当作老师布置的作业来做了。"

"人情练达！"挂了电话，我的脑海里即刻蹦出这四个字，"这位周老师，情商很高，很懂人情世故啊！"

请人写个序，也许是小事一桩，但窥斑见豹，从中可见一个人的格局。我比周福田年长，通常来说，阅历理当比他丰富，可让我扮演他的角色，这事必定搞砸。论年龄，我是大哥，他是老弟，但在人情世故面前，他是先生，我是后生。

果然，看完《泥土的芬芳》，证明我的这一判断不是基本正确，而是完全正确——也许，这是我在周福田面前，唯一值得骄傲的了，呵呵！

十几万字的《泥土的芬芳》，分"往事如风""以文会友""世事有常"三个部分，共有散文、随笔作品八十余篇。从头至尾，字字句句，作者以亲身经历、平生所学、切身感悟为素材，用质朴的语言，轻松的笔调，流畅的叙述，铺写远去的凡人生活，描绘淳朴的乡土风情，阐发草根式、充满着正能量的人情世故，让人读后若有所思，若有所悟，以至益于心智，美化生活。

作者出身于一个穷苦农民的家庭，其"人情世故观"，根植于散发着泥土芬芳的乡村。纵然，作者当了中学校长，成为一个桃李满天下的高级教师，依然惦念着生于斯、长于斯的那片黄土地，不忘自己的草根出身。在《难忘童年》中，忘不了"最厚的地方已经补了八层"的那条裤子；在《拜年》中，忘不了"上面压着一张红纸片"的立方体果子，还有那"一包果子过三晚"的拜年风俗；在《那只旧木箱》中，忘不了先后两张录取通知书带来的忧与喜，以及"只剩那空无一物的感叹与回忆"的旧木箱；在《三只公文包》中，忘不了曾作为"面子工程"的公文包之扬弃，从而得出"人生的最高境界，那就是无须累赘"之感悟……

远去的时光，有过明媚与灿烂，也有过灰暗与惨淡，可在作者周福田的笔下，那都是人生的风景，一样值得回眸与怀念。因而，流露在笔端的都是情感，都是人生。瞧，老屋门前的那三棵树，老家阁楼的那扇门，抱团取暖的那盆炉火，老胡同口的那碗老馄饨……字里行间，无不洋溢着浓浓的家乡情愫，无不流露着对往昔岁月的无限眷恋。昨日的那份温暖，仿佛今日还能切身感受。

读着书稿，你会感受到，作者为人处世的基本法则，就是不忘本，挚爱生活，以积极的态度对待人生的不同境遇，用微笑包容所有的相遇，用坦然面对所有的挑战。

"拉赞助"，对一位天天与书本打交道的"教书匠"来说，也许是一件深感棘手的事。然而，从《泥土的芬芳》中，我们发现，作者周福田不但可以坦然面对，还从中结识了一批企业家，并彼此成了朋友。世界上，从没有无缘无故的爱，身为一个人民教师，有什么与企业家交朋友的本钱呢？"文化"！是的，"用文化去传递人间真情，用文化去展示生命的力量，用文化去绘就大千世界的五彩斑斓"，这是他的一个使命，也是他与企业家打交道的本钱。

于是，偶遇叶总，他送给对方写着八个字的条幅：一叶轻舟，志在远航。给认识不久的林总和林总舅子王总，分别撰写了嵌名诗：峰成林，万景若文；王羽栖枫林，惠风生宝地。给朋友介绍相识的"览博木业"的郑总，创作了企业形象广告词：三木同根　览胜博远……

当然，你搜肠刮肚想出来的"文化"，并非人人接纳、个个欣赏。如果遇到不接受的"另类"，那怎么下台阶呢？会不会有些尴尬呢？没事！在懂得人情世故之精髓的作者看来，这是彼此加深了解，增进友谊的一个契机。有一回，他想给"德生木业"的老板徐德生送一点儿"文化"，"经过几天斟酌"，脑海里终于生成自认为恰到好处的八个字：清风徐来　德聚云生。然而，徐老板后来却将其改为：徐来慎取　德聚云生。徐老板向他解释说，在创业的路上，讲究的是循序渐进，步步为营……他听了，感觉受教了，说是"恍然大悟"。

细读作者的书稿，我们可以感觉到，在作者的处世哲学里，把"理解人、尊重人"奉为圭臬。坚持这一条，哪怕面对的是自己的学生，他也可以建立起"亦师亦友亦兄弟"的关系。

"世事无常"，常常出自我们对生活的哀叹。然，作者却反其道而"云"之：世事有常。作者在书中说："人间万象，看似无序，实则有常。所有繁杂表象的背后，皆可探其本质，究其原理。"于是，在作者看来，"相逢是首歌"；做人当"藏锋于鞘"；"心中若有桃花源，何处不在水云间"；夫妻之间当"相敬如宾、相濡以沫"；与其说"江湖险恶"，还不如"相忘于江湖"，"上山时，不要忘了下山的路"……

通览书稿，深感周福田是个为人处世的"明白人"。对世事之洞明，对人情之练达，流露笔端，贯穿全书，令人叹服。

懂得真谛，明白事理，并身体力行，是作者的为人处世之道。

文章短小精悍，是《泥土的芬芳》的一大特色。也许，正因为这个特色，对一些人一些事，作者往往点到即止。这一点，似乎让人感到有些"不过瘾"，更让人有一种"再挖掘深一点儿"的期许。又要短小精悍，又要深入细致，这是否就像鱼与熊掌，二者不可得兼呢？这个题目，就留给读者判断吧！

毋庸讳言，书稿中的某些篇章，或许还有进一步打磨提升的空间。然而，《泥土的芬芳》仍不失为值得一读的好书。无论是对人性的洞察，还是对自然万物的礼赞，都展现出独特的智慧与深邃的思考，让读者在阅读的旅程中，不断收获惊喜与感动，也颇有借鉴参考的价值。

诚然，周福田在教育界，是个好校长、好教师，但在文学界，只是初露头角，名声未彰。周福田曾谦虚地对我说，《泥土的芬芳》是他的处女作。虽然教了多年的语文，也长年教学生写作文，但写此类拿去出版的散文、随笔，他还属于新手。也许，他说的也是一个事实。

然而，世事洞明皆学问，人情练达即文章。写作，对一个"人情练达的明白人"来说，不见得就是一件难乎其难的事。殷切期待周福田日后不断有新作品问世！

好了，交稿时间已至。这份作业，能得六十分吗？心中没底，但也只能如此了。

目　录

CONTENTS

第一部分　往事如风 /001

难忘童年	003
拜　年	006
那只旧木箱	009
三只公文包	012
回味"永久"	014
那一碗老馄饨	017
神　茶	020
夜问江郎	022
秀地美的放牧人	025
问　道	027
最高境界	029
通　书	031
山野寻踪	033
收拾一下心情	035
微信红包	037
乘　凉	039
补　丁	041

谈婚论嫁	043
冬至听雨	046
红月亮	048
山　行	050
借　钱	052
无患子	054
不会喝酒的酿酒人	056
老　屋	058
那一抹红糖香	060
轮椅上的春天	063
冷暖自知	065
老屋门前的三棵树	067
窗外的小竹	070
门前的石榴树	072
拥炉而坐	074
阁楼的那一扇门	076
紫苏行	078
三味书房	080
忘记岁月，青春不老	082

第二部分　以文会友 /085

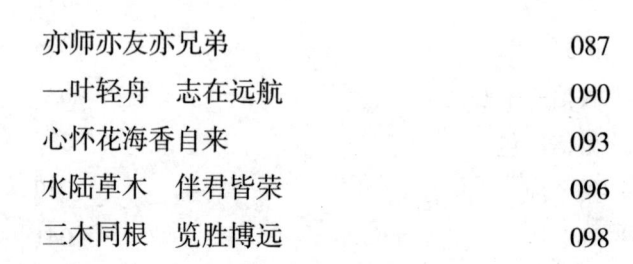

亦师亦友亦兄弟	087
一叶轻舟　志在远航	090
心怀花海香自来	093
水陆草木　伴君皆荣	096
三木同根　览胜博远	098

如毛细雨　惠泽于民	101
清风徐来　德聚云生	104
千枝明芽　缘因有根	107
莫问马何肖　心宏乃自达	110
千里德云　万物盛汇	113
金叶迎春　冰消雪化	115
九天坤裕　十里门香	117

第三部分　世事有常 /121

相逢是首歌	123
相见如初	126
相敬如宾	128
相濡以沫	130
相忘于江湖	133
心中若有桃花源　何处不在水云间	135
最美在朦胧	137
一扇百叶窗	139
收拾行囊再出发	141
看懂了，便不再会茫然	143
才闻芭蕉绿，又听梧桐雨	145
不要让主观被所谓的客观所绑架	147
藏锋于鞘	149
草稿纸	151
春风不识杨柳君	153
纯味与火锅	155
冬日悟场	158

渡人不如渡己	160
上山时，不要忘了下山的路	162
人生无意须尽欢　莫使黄花空对月	164
火　候	167
眉目之间	169
人生像个道场	171
山为琵琶水为弦	173
谈假论真	175
"五镜"同行	177
"五体"相联，方行致远	179
向阳而生	181
人生何必负重前行	183
生命总是在得失间轮回	185
找一片落叶给自己	187
给自己找一个支点	189
在舍与不舍中渐渐远行	191
在入世与出世之间徘徊	193
无根无花亦无果	195
染　发	197

后　记 /200

往事如风

第一部分

人生在世,有太多的眷恋与不舍,只因曾经拥有与难忘。慈祥的目光、灿烂的笑容、深情的呼唤、过往的牵挂、昔日的温暖……所有的一切,都渐渐离我们而去,但有些场景,却近在咫尺、历历在目。因为有些事,实在是让人刻骨铭心;因为有些情,实在是让人难以割舍;因为有些理,实在是让人大彻大悟;因为有些人,实在是让人经久难忘。

难忘童年

记得小时候，村里的孩子，不论男女，嬉戏打闹，你追我逐，快乐无比。打陀螺、射弹弓、滚铁圈、跳橡皮筋、过家家……都是大多数孩子玩得不亦乐乎的游戏，许多人的童年也便在这充满回忆的快乐声中欣然度过，当然，我也不例外。

由于小时候家境贫苦，每当冬天来临，寒风刺骨，冰天雪地，我们便依靠火熜取暖。一大早，母亲便在火熜里放入一些木炭，然后，将灶膛里发着红光的火炭铺在上面。姐姐一个，弟弟一个，我一个，每人拎着一个去上学。路上风很大，担心吹起炭灰，我们只好在火熜的铁盖上面盖上一块砖头。那时，从家到学校大约有两里路，一段是村庄里面的石头路，一段是田间的泥泞路。一旦遇到雨雪天气，我们便提心吊胆，担心摔跤，因为如果摔倒，手上拎着的火熜便可能灰飞火灭，还有可能破碎不全，这样一来，不仅要挨冻，回家后，还要挨骂。

每遇恶劣天气，都是好不容易到达学校。可那时我们的教室，窗户上根本没有玻璃，只用一层薄薄的塑料膜覆在窗格上。那层薄膜，被风一吹，不多久，便会裂开一个大口子，如遇调皮的同学用手一扯，便会让这层本就破损的薄膜完全失去了作用。这时，老师们通常会到田间地头，收集稻草，编成一张草帘子，将风口堵住，虽然室内光线变暗了，但还是挡住了呼啸的北风，坐在里头，也会有一些暖意。

记得读小学时，冬天只穿一条单裤，裤子最厚的地方已经补了八层，穿在身上，虽然很厚，但还是觉得很冷，因为补上去的都是一些又薄又旧的碎布片，于是，整个冬天便在瑟瑟发抖中熬了过来。后来，二叔看到我穿得实在过于单薄，便将他穿了多年的一条旧棉裤送给我，那时我刚读小学三年级，旧棉裤的裤腿实在太长，母亲为了让我穿着合适，便将那条旧棉裤剪去一大截，我穿上后，虽然看起来臃肿不合身，但那个冬天终于觉得不再寒冷。

令人害怕的冬天终于过去，令人神往的春天欣然来临，油菜花次第开放。上学路上，宋代文人杨万里笔下的"篱落疏疏一径深，树头新绿未成阴。儿童急走追黄蝶，飞入菜花无处寻"便成了我们习以为常的美妙景致。

记得有一回，教数学的严老师让我们补作业，由于担心我们中途溜走，便将我们几个锁在她的办公室里。我们当时觉得非常恼火，看到办公室有一只热水瓶，里面装有热水，于是，便将热水全部倒入严老师办公桌的抽屉里，方才解了心头之恨。然后，我们又将办公桌移到门后，跳上桌子，从门上面的窗户爬了出来。当时严老师刚走不久，我们便利用两边油菜地作掩护，一路跟在她的后面，偷偷回到了家里。到了下午，严老师发现了我们的恶劣行径，便罚我们将作业整整抄了三遍，又罚我们站在办公室里，直到夜幕降临，才让我们回家。后来想想，严老师的管理风格与她的姓氏是那样匹配。

夏天来临，知了长鸣，溪水淙淙，距离学校大约三百米之处，有一汪水潭，潭水很深，据说下面还有一龙洞，传说将砻糠倒入其中，会从很远的清湖那边漂浮出来，于是，便又增添了几分神秘之感。但那时的我们，根本禁不住水的诱惑，一到潭边，便一个个脱光衣服，扑通扑通跳进水中，顿觉暑意全无、凉快无比。记得水潭的边上有一块沙地，沙地里种着茂密的桑树，紫里透黑的桑葚，让我们垂涎三尺，于是，我们便利用中午老师休息的时间，溜到桑树地里，将一个又一个乌黑的桑葚放进嘴里，那被染黑的嘴唇，那香甜的滋味，至今想起，还是回味无穷。

时光飞逝，不觉已至中年，每闻罗大佑唱词"池塘边的榕树上，知了在声声叫着夏天。操场边的秋千上，只有蝴蝶停在上面。黑板上老师的粉笔还在拼命叽叽喳喳写个不停，等待着下课，等待着放学，等待游戏的童年……"便仿佛又回到了童年。昨天历历在目，未来道途长远，小时盼望长大，老时贪恋童年。童年是无知的，毫无顾忌；童年是浪漫的，不惧现实；童年更是永恒的，星光无限……

拜 年

记得小时候最喜欢的事，莫过于拜年了。因为拜年会有许多好吃的好玩的，小孩还可以拿到压岁钱。拜年是中国的传统习俗，这种春节过后的走亲访友，不仅可以拉近亲情与友情，还可以让彼此的后辈更加熟知。

每当春节刚过，第一件大事，便是拜年。二十世纪七八十年代，我度过了我的童年与少年。那时的拜年，肯定是要带上礼物的，这个礼物俗称"果子"。可由于当时人们的生活条件极差，连温饱都成问题，记忆中带去的"果子"，刚开始是两包红糖，每包两斤，用黄皮纸包成一个下大上小的立方体，上面压着一张红纸片，再用棕榈树叶片拧成的棕榈条，上下左右捆绑得严严实实，像是一座迷你型的金宝塔。后来，随着生活水平的提高，纸包里的红糖逐渐被蜜枣、桂圆干、荔枝干所代替。

拜年，一般大人都要带上自家的小孩，既热闹又可以增进兄弟姐妹间的感情，还可以拿到一份压岁钱。我记得那时到外婆家拜年，由于母亲的姐妹较多，聚在一起，人丁兴旺，孩子们打闹得太过厉害，家里弄得鸡犬不宁，于是外婆便下了狠话："你们这帮家伙，如果再不听话，那就都给我回家去！"每到此时，便

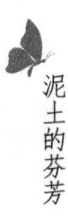

会鸦雀无声，立刻安静下来，但过不了多久，大家又统统忘却了，恢复了嬉戏打闹，如此这般，时光便倏然离去。

有句俗话叫：一包果子过三晚。也就是说拜年至少可以在亲戚家待上三天，在这三天中，我们这些小孩子白天玩耍打闹，晚上睡在一起。记得一张1.2米的床，最多的时候，整整挤下六个人，半夜想翻个身都非常困难，但那时挤在一起却特别温暖。那几天，外婆、舅母像变戏法似的，会想方设法拿出最好吃的米糕、冻米糖、油炸薯花，还有瓜子、香花生来招待我们，还会端上全年只能吃到一两次的鱼和其他肉类，当然，大鱼大肉是不可能的，一般是一条两斤重的鱼，炖煮时加入大量的水，熬成鱼汤，分别盛在三四个碗里。当餐端上一碗，其他几碗静置放凉，因为是冬天，便会结成"鱼冻"，留作后面几餐来分食。现在常吃的红烧肉或蒜苗炒肉肯定是没有的，只记得肉菜是用红萝卜和几片肉一起炒了，非常好吃，觉得那是世界上最美的佳肴，直到今天，红萝卜炒肉也常常是我在饭馆必点的一道传统家常菜。

拜年结束时，回礼是必不可少的。每户都是满满的一"猪腰篮"，里面装着米糕、冻米糖、薯片、油炸薯花，实在凑不足一篮，就装一些自家种的荸荠，有时，我们还要被长辈们带到田里去挖，刚挖出来的荸荠，外面沾满了泥，需要拿到小溪里去洗干净再拿回来。洗完荸荠，手指头冻得通红，只好用嘴里呼出的热气，对着手心不断地哈气，以此取暖。回礼中，最重要也是必不可少的就是鸡蛋，都是农家自养自产的，有时放七个，有时放五个，据说，这意味着圆满的祝福。

等到要回自家的时候，外婆、舅舅、舅母等长辈们，便会拿出伍角、壹元或贰元的纸币，用红纸包着，塞到我们这群孩子的手里，不过在路上便被父母亲当作"公物"给收走了，还美其名曰"代为保管"。那时的小孩，也没有什么经济头脑，自然不会有异议,也就欣然同意了。后来,听父母亲说,压岁钱拿回来后,又拿去交学费了,现在想想,真的是"可怜天下父母心"。回家的路上,大家三五成群,嘻嘻哈哈,好不热闹,不时抓起路边的冰块或雪,玩闹着向远处的田野扔去。

过去拜年,与现在相比,已经有了很大的变化。过去拜年,一般都是在正月初三以后才去的,现在大年初一便开始拜年了,据说有的更早,年前便开始行动了。过去拜年,三五成群,但凡家里的小孩都要带去,现在只是派了一个代表,了却心愿。过去拜年,一般都要待上三五天,现在顶多一天,甚至有的"来也匆匆,去也匆匆",喝口茶,连饭都没吃便走了。过去拜年,"果子"肯定是要带上的,现在可以只带一个红包,因为一切尽在红包中。过去拜年,必然是要会面的,现在却可以身在远处,用微信红包代替问候与祝福。

随着现代生活节奏的加快,很多人过年只是象征性地回家,没有了过去的守候,没有了过去的纯朴,没有了过去的真挚,没有了过去的隽永。如今的拜年,很多人也只是形式上的走过场,没有了人情味,没有了韵味,当然,也不会留下长久的眷恋与回忆。

那只旧木箱

十六岁那年暑假的某天，正值田间农忙时节，我一如既往跟随父母在收割早稻，伴随着手中镰刀的飞舞，那一排排沉甸甸的水稻，像金色波浪一般倒下。大家踩着烂泥，深一脚浅一脚，把一簇簇水稻交叉放在一起，摞成一堆，当积累到十来个稻垛后，我便与父亲一起，脚踩脱粒机前面的横木档。随着节奏的不断加快，那金黄的稻谷便飞速地从稻秆上脱落下来，溅在挡板上，翻着筋斗，掉落在四角木桶里。当木桶里的稻谷渐渐堆满后，我们便把它们装进箩筐里，到了中午时分，大家便挑起沉重的箩筐回家。顶着炙热的太阳，摊开竹簟，把稻谷铺晒在那空地上。

那天，当我正跨入家门时，同屋的堂叔，笑眯眯地拿出一个信封，告诉我被江山中学录取了，当时的我，却怎么也高兴不起来，因为那时家里实在太穷，读高中意味着又要给家里增添负担，如果考上大学，那就更加供养不起。我草草地将录取通知书放在正堂香案的一个抽屉里，端起饭碗，盛了满满两碗米饭，喝着用开水冲泡的咸菜汤，狼吞虎咽，将饭菜吞到肚子里。下午，拖着沉重的步伐，六神无主地回到田里，不知怎的，怎么也提不起劲头来，直到太阳落山，又悻悻地挑着箩筐回到了家。

到了第二天，我继续干农活，好不容易熬到中午，挑着稻谷回了家。把稻谷晒完后，如往常一般，草草地吃了中饭，便想瘫坐在凳子上。这时，从家门口走来一个熟悉的身影，那便是乡村邮递员老夏，只见他从绑在自行车后座的蓝色油布包里，取出一封挂号信，说是从衢州师范寄来的，急忙打开一看，原来又是黑字红章的录取通知书，啊，我被中师录取了！全家人顿时兴奋了起来，那时虽然没有互联网，但经口口相传，很快村里人都知道了我顺利实现了"跳农门"，我成了当地明星般的人物，心情顿时舒畅了起来。

在征求多方意见之后，我决定放弃读江中，选择去中师读书。因为那时读中师，国家每个月会提供三十斤大米和二十八元饭菜票，毕业之后还可以"包分配"，捧上一只"铁饭碗"，前途光明，终身无忧。

要去读师范了，家里准备了必需的生活用品：两套旧衣裤、一双解放鞋、一双回力鞋、两双破袜子、一条半新不旧的毛巾、一本旧《新华字典》。父亲担心我年纪太小，没有出过远门，便请来木工师傅，用几块木板钉成一只木箱，把那些家当全都装了进去。后来用扁担挑去的时候，一头是用绳子拴着的木箱，一头是用绳子打捆的一床八斤重的旧棉被。再后来，那只木箱陪我走过了难忘的三年中师时光，里头承载的是遥远的梦想和无尽的希望。

中师毕业后，我被分配到离家十五里路的一所初中任教。当时为了照顾弟弟，便让他随我一同去了那所学校就读。再出门时，那只木箱里面又多了一些东西：一本中师毕业证书，一本团员证、一本毕业留言册、一张全班合影，还有弟弟用的一些衣物。那时，木箱里面填满的是那暖暖的兄弟之情和我的青春记忆。

后来，姐姐出嫁要备嫁妆，母亲便叫雇来的木工，将老屋后面一棵梧桐树砍下后锯成了木板，顺便又给我重新打制了一只木箱，并在外层涂了与姐姐嫁妆一样颜色的油漆，这只木箱，比原来那只大一些，也美观得多。

后来，我上学用的那只木箱另作他用，但在那个物资匮乏的年代，为了搞点经济创收，我便利用暑期在家休息的日子，将它绑在自行车的后座上，里面垫上棉花，将批发来的棒冰，载到田间地头，开始做起卖棒冰的生意。只记得那时白糖棒冰三分钱一根，赤豆棒冰五分钱一根，每天卖下来，可以净挣人民币两三元，这在当时，已经算是较好的收入了。

如今，第一只木箱已经被当作柴火烧成灰烬，但它的模样，还牢牢刻在我的心里。第二只木箱，至今还存放在现住的书房里，只是里头没了衣裤，没了证书，只剩那空无一物的感叹与回忆。

三只公文包

　　刚参加工作时，物资匮乏，加之家里穷困，在参加工作的前十个年头，每次我赶往学校，都挎着一个读书时期便随身携带的黄色帆布袋，骑着一辆永久牌二八自行车，活脱脱就像一个邮递员。直到参加工作的第十一个年头，也就是1998年的夏天，我刚被提拔任命为一所初中的副校长，为了让自己外出时更有脸面，也为了更好地携带资料与随行杂物，于是，便花了三四十元钱，购买了一只咖啡色仿皮公文包，外层拉链打开，里面有三个隔层，两侧可用来放置体积较大的物品，中间那一层，又装了一条拉链，里面可以放置一些像证件、现金类等小件物品。那时的我觉得，把这个仿皮公文包拎在手上，很有派头，能够百分之百证明自己已经从"泥腿子"变成了吃公家饭的。

　　这只公文包，后来一直伴随我度过十二年的时光，外面被磨得油光发亮，有些地方已经开始脱皮，但一直没舍得换。一则由于节约观念的根深蒂固，能用便行；二则由于自己身份卑微，无须显赫。

　　2011年，我又被任命为一所完全中学的校长，并且是一个以培养体育、艺术特长生为主要任务的校长，总觉得是时候应该换一个皮包，提升一下档次，无论对公，还是对私，无论对外，还是对内，论及面子工程，都是十分必要的。于是，花了八百元，购买了一只真牛皮材质的公文包。记得当时到皮具店，老板娘向我推荐了多种款式，最后，我还是挑选了一款质地细腻、款式简约的公文包，质地细腻是为了经久耐用，款式简约是为了融合"简洁的才是最美的"这一审美观点。果真如此，新包拎回家，夫人看了欢心，外人看了合心，自己用了称心。

2017年，因为组织需要，我又被调往一所初中担任校长一职，当时这所学校正在"大兴土木"，且尚未完工，许多事务需要对接相关部门，可能是因为手上的包老旧，也可能是虚荣心在作怪，我便又到皮具店，花了五百元，挑选了一款款式简单且质地相对厚实的真牛皮公文包。一分价钱一分货，可能这只的价格比第二只稍微便宜一些，总觉得没有那么称心如意，但用多了也就习以为常，总觉得只要能够装点随身杂物就可以了。

在校长岗位时间一长，便有了职业倦怠，2021年7月，我提出辞去校长一职的申请，当时的教育局领导较为通情达理，欣然接受了，将我安置在督学岗位。刚到新岗位，外出办事，我还是需要携带一只公文包的，心里想着，再买一只吧，因为原来那只已经旧了。当我将此想法告诉妻子时，只听妻子说："已经没有必要带什么包包了，一本笔记本、一支笔随身放在车上，如去办事，随手一拿便得了。人生的最高境界，那就是无须累赘，何必负重前行。这样才可以活得更加休闲自在，心情自然也更放松。"

我听取了妻子的意见，直到今天，我也没有再去购买什么公文包了。人生放不下的东西，实在是太多了，有时是责任，有时是顾虑，有时是名利，有时是面子……但若仔细想来，其实所有的一切，皆为身外之物，都将成为过往，记挂内心的虚荣与纠结，还不如懂得适时放下，因为只有懂得放下，才能善待自己，才能得到真正属于自己的那片世界。

回味"永久"

在一个人的生命里,有许多值得记忆和回味的东西,如曾经种下的一棵树,读过的一本书,交往过的一个人,走过的一段路,醉过的那杯酒……因为曾经拥有,所以倍加珍惜。在我脑海里,那辆曾经骑过的永久牌自行车,承载着无数的记忆,让我思绪万千,无比怀念。

记得那时中师即将毕业,我被安排到城里一所小学实习。由于城里离家有二十公里路程,所以父母便商量着要给我买一辆自行车,以解决交通问题。那时,姐姐辍学在家,为了生计,早早出去摆摊挣钱,当时她已经是小商贩里的高手,她卖的是水果、瓜子、花生。水果只卖两个品种,一种是苹果,一种是香蕉;瓜子用纸包好,每包卖一角钱;花生用杆秤来称,一两一角五分钱,经过苦心经营,居然也小有积蓄。听说我要买辆自行车,她便毫不犹豫地说:"钱,我来出。"于是,她托熟人到当地的供销社,买了一辆崭新的永久牌二八自行车。

那时回家的公路上面铺有一层粗沙石,有时一不小心,便会打滑摔倒在地。那时年轻,人也皮实,每次摔倒之后,忍痛爬起,拍拍尘土，擦擦手心因被沙石划破而流出的鲜血，继续前行。

那年暑期，我被分配到离家十五里路的一所初中任教，记得去报到的那天，我把一领篾席绑在自行车的横杆上，又把一布袋大米挂在座位前的横梁上，并将伴随我三年的那只木箱用绳子绑好固定在后座。没想到，骑了没多久，因为席子绑在横梁上，影响了把手转向，结果，就眼睁睁地看着车子失去方向。我栽倒在地，疼得钻心，但还是拍拍灰尘，将所绑篾席往后移了移，确认不再影响车把方向后，脚踩踏板，继续前行。

为方便照顾，弟弟也随我到了所任教的初中就读。记得那时，我们星期天下午早早便出发，前往学校。每次去学校时，这辆永久牌自行车发挥了巨大作用，后面载着弟弟，前面横梁挂着一罐腌菜和一袋大米，年轻气盛让我一路上坡也不觉得劳累难行。

记得有一次星期六吃过中饭准备回家，外面山雨欲来风满楼，乌云密布，狂风大作，我便叫上弟弟，骑上心爱的"永久"，屁股一翘，拼命蹬着踏板一路狂奔，我与乌云比赛，居然赶在大雨之前到了家里，脸上写满了自豪与得意，想想，如果不是因为当时骑行飞快，那定将成为一只"落汤鸡"。后来听说，同事为了谈恋爱，去大峦口搭载心上之人，连峡口水库边上那么陡的山路，也没有下车推行，可见，爱情的力量确实足够强大。

记得有一次，班上一位学生闹肚子，我便用这辆"永久"载着他，到当地卫生院看了医生，配了些药后又用自行车将他载到家里。当时学校到他家有三里路，其间要经过一段泥路，那段泥路十分溜滑，一不小心便会滑倒，甚至掉到下面的溪坑里。那时，不知是勇气，还是超水平发挥，居然一口气骑了过去，将他顺利带到家里。回学校时，借着满天星辉，看看刚骑过的路，却又心惊胆战，于是一路推行而过，至今想起，我都心有余悸。

后来，随着交通工具的更迭，这辆"永久"，在陪伴我十五年后，终于退休了，被当作废铁处理掉，也从此消失在我的视野里。但是，每当想起往事，它又永久地定格在我的脑海里，令我记挂，令我留恋，令我回味。

那一碗老馄饨

前不久，去大洲探望十来年前曾教过的一位学生。天气晴好，碧空如洗，煦暖的阳光晒在脸上，给原本寒冷的冬季带来了丝丝暖意。

到了那里，临近傍晚，学生提出到当地的一条老街走走转转。这条老街历史久远，时常可以看到一扇扇锈迹斑驳的老屋大门，也可以看到巷子里一块块泛着亮光的青石板，那一条条小巷犹如连接时空的绵绵长河，让我们仿佛听到祖先们生命不息、奋斗不止的沉重脚步声。老街两边有许多店铺，有竹木制品店，有打铁铺，有年糕坊，有小吃店……商贩们的吆喝声、打铁铺的叮当声、游客们的欢笑声……此起彼伏，给原本宁静的老街增添了许多烟火味。

也许住在老街上的大多数是60后至80后吧，也许是60后至80后对这条老街更加情有独钟，因此当地政府将这条街命名为"6080老街"，并在老街两边墙上画上一些二十世纪六十年代至八十年代的生活画面。我这位70后看了分外亲切，仿佛又回到了贫困但天真而又纯粹的童年。

正在沉醉之际，学生提出要去品尝一下当地美食——大洲老馄饨。这家老店店铺不大,仅容七八位顾客同时入座,由一对年纪七十来岁的夫妇经营,据说已经开了几十年。由于手艺精湛、风味纯正、味道鲜美,这家店的生意一年到头都很火爆,已成为当地居民与外来游客的必到之地,馄饨成了必尝之品。

我们三位刚入座,店家便忙碌了起来,不过三五分钟,三碗热气腾腾的馄饨便端到了面前。只见那馄饨面皮剔透,依稀可以看到里头肉馅嫩红的样子,像五六岁的孩子一样,透着一张红通通的脸,着实可爱。刚出锅的馄饨,加上一撮小葱,拌点儿辣椒与小醋,用调羹轻轻一舀,香气扑鼻,令人食欲大增,一会儿,便连汤也喝得干干净净。

不知是味蕾的作用,还是思绪的牵绊,忽然间,让我想起老家那条老街上的馄饨来……

我的老家在石门镇。记得小时候,方圆几里的人家如果小孩或老人生病,胃口不佳,便会到老街的一个胡同口去买一碗馄饨。这碗清淡又营养的馄饨让病人有了胃口,有了精神,自然病情也就好了许多,当时,只觉得这馄饨怎么比药还要灵验!

当下社会,年轻人喜欢吃宵夜,晚上九点过后,这家馄饨店依旧很热闹,三五成群,有说有笑,炉火通红,热气腾腾,好一幅乡村夜居休闲图。当然,有的人可能由于酒后未吃主食,到了这个点,饥肠辘辘,于是,带着几分醉意,双眼蒙眬,身形摇晃地来到这家店里,直到吃饱喝足,方才打道回府。

最令人感到神奇的是,许多老人在弥留之际,要求子女到老街上端上一碗馄饨,以作告别之餐。这些人,有的长期卧床,已经很长时间茶饭不思,但只要端上这碗馄饨,便两眼发光,有了些许的气力。一碗馄饨,连汤带汁,小口入肚。难道这一碗馄饨,竟然有这么大的神奇效用,居然成为有些老人临终之前最后惦记的一道美味。

由于馄饨味道鲜美,有些顾客一坐下来,连吃三碗,方觉过瘾。许多食客到店饱尝之后,仍然意犹未尽,便向店家提出买些刚包好的馄饨带回家去,以与家人共享。但大凡带回之后,无论怎么烧煮,无论加多少调料,就是没有坐在老街老店的那种老味儿。也许是心理作怪,也许是火候难控,也许是缺少那种在期待中等待美食的氛围。

前不久,远在北京的一位学生给我发了一条微信,说是我老家那一碗馄饨"火"了,已被拍成视频,在网上广为流传。老家镇上的这家馄饨,作为祖传手艺,一家五代,代代相传。光阴易逝,岁月流淌,但不变的是那擀面的古老技艺,是那顷刻下锅便捞起的食物,更是那农家独特而隽永的烟火之味。

纵观全球,有的地方,因景色秀丽而令人称赞。有的地方,因人文气息浓厚而叫人神往。有的地方,因标志建筑独特而引人入胜。也有的地方,因美味佳肴,让人回味无穷,暖意融融。

神　茶

记得小时候,由于地处乡村,卫生条件比较差,村里最好的"生命保护神"是赤脚医生。所谓的赤脚医生,也是特殊时期的特殊群体,他们一边要参加生产队里的劳动,一边要给村民看病。

那时,农村大多数人家里都很穷,在大冬天,无论是大人,还是小孩子,许多人只穿一条裤子,因为最厚的地方已经补了七八层粗布,真的是新三年旧三年,缝缝补补又三年。脚上也没有袜子可穿,冻得实在不行,就在火炉旁烘烤,或待太阳出来时,在墙底下晒太阳。那时的阳光,就是老天给予我们贫穷人家驱冷避寒的最好恩赐。

那是某一个冬季的晚上,不知是什么原因,肚子有点儿不舒服,微微胀痛,叫医生可能会花上全家半个月的伙食钱,但又硬撑不下去。这时,只见母亲打开一个白铁皮箱,拿出一个小纸包,纸包外层是红纸,里层是黄皮纸,中间包着的是一小撮黄色的东西。母亲小心翼翼地拿出其中的几粒,数了又数,放入杯子,然后倒入开水,迅速地用盖子盖上,生怕什么东西要逃离到空气中一样。

大约过了十分钟,母亲打开杯盖,房间里顿时飘来了一阵淡淡的清香,母亲把杯子端过来,叫我趁热喝下。我当时也不知道里头放的是什么，只听母亲说，喝下这杯水，肚子就不痛了。我半信半疑地端起杯子，慢慢地尝了一口，只觉得那水带着醇香，又微微带着点儿甘甜，知道这东西不苦、不酸、不涩，就喝了下去。过了几分钟，嗝了几口气，肚子里就不胀了，也就不痛了。

我问母亲，刚才放入杯中的黄色物体是什么东西，母亲说："那是蜡梅花，可以祛寒通气。刚才，我给你放入了七朵，'七'这个数，非常神秘，它可以避邪。这是老祖宗留下的秘方，一般的肚子痛，喝下去是十分灵验的。"

怪不得，每到冬季，蜡梅盛开的时候，母亲便会拿着一个板凳，到老屋后面的园子里摘一些来，然后把它们烘干，放在黄皮纸里，小心翼翼地包起来，外面还要用红纸再包一层。在母亲看来，这个小纸包，就是家里的"百宝箱"，关键时候，可以用来应急，可以保佑全家平安。

现在想来，"疏影横斜水清浅，暗香浮动月黄昏"确实写出了蜡梅花的形色神，但却没有写出蜡梅花可以驱寒避邪；"不经一番寒彻骨，怎得梅花扑鼻香"确实描摹出了梅花饱经风霜的经历和扑面而来的香气，但却没有写出梅花有可以救死扶伤之奇效。"七"这个数字，也非常神秘，七仙女、北斗七星、七色彩虹、每周七天，还有钢琴中七个白键加五个黑键便组成了音阶的循环，更奇妙的是，用数字"1、2、3、4、5、6"除以"7"得到的是无限循环小数，难道七朵蜡梅之间也隐含着无法理解的自然巧合和天设玄机？

如今，蜡梅花茶已成为我心目中的一道神奇之茶，喝下后，便会想起小时候生病时，母亲那种无奈彷徨但却有心有爱的百般呵护。"7"也成为我心中时常惦记的一个数字，因为它神秘，更因为它会带来吉祥，我在选车牌号时，心中有了一种执念，一定要选带"7"的，妻子和儿子刚好在"17"号出生，也许，"7"这个数字，就是上天给予我们全家的最好眷顾。

夜问江郎

不及江郎终是憾，空留胜景负年华。江郎山，对我来说，实在是太熟悉了，因为我在那里足足工作了十六年。其间，我带领学生爬过三次，又陪同客人游玩了三趟。当然，最值得回味的，当属夏日夜晚，与一群同事夜游江郎山。

人生最无忧无虑的时光，当数孩提时，因为那时单纯。人生最青春浪漫的时光，当数桃李年华，因为面对外界重重诱惑，什么都想苦苦追求。

夏日的傍晚，太阳的余热尚未真正散去。我们几个年轻人，由于刚参加工作，又都是单身，所以无牵无挂，便相约在夏日夜晚，游一趟江郎山，这应该是世界上最美妙的事情。于是，未等太阳落山，我们便草草地吃了晚饭，如约同行。

刚出校门，首先映入眼帘的便是绿油油的庄稼，有正在抽穗的水稻，有亭亭玉立的荷花，有撑着翠伞的芋艿，有开着紫花的大豆……绿色装点之中，偶尔有几户农家，青瓦白墙，一条小水渠从村前流过，小桥流水人家，宛似一幅江南水乡夏色图。

没多久，我们便到了江郎山脚下，顺着盘曲的公路，三五成群，说说笑笑，中间也不觉得疲累，不知不觉就到了十八曲下。

抬头仰望，"三片石"矗立在眼前，遥想辛弃疾当年路过时，感慨万千，吟写出"三峰——青如削，卓立千寻不可干。正直相扶无倚傍，撑持天地与人看"的千古佳句。

沿着石阶，拾级而上。望着路边的山野，只见绿意盎然，偶尔吹来几阵风，将微汗拂干，顿觉热意全无。也不知转了多少个弯，反正觉得不止十八个，大伙都微喘着粗气。忽然，看到一隅黄墙掩映在松林之中，便知"开明禅寺"到了，于是，加快了脚步，直达寺院门前，只见院门正中写着"开明禅寺"四个金色大字，为佛学家、书法家赵朴初题写，两边分别写有四个字，右侧为：广种福田，左侧为：普度众生。看了这八个字，浮想联翩，想不到自己的名字"福田"居然写在千年古刹的门边，深感佛缘无量，应当心怀慈善，全心育人。

天色渐暗，不远处，商铺的灯火已经点亮。店主都是老熟客，便拿出茶水招待，不知谁说了一句，没有三杯酒下肚，怎么对得住江郎山如此美妙的夜色？于是，商家便拿出自家土法酿酒，从柜台后面的铁皮箱里盛出一碟花生米，美景配上美酒，大家心情特别好，三杯两盏酒下肚，便觉累意全无。

由于沉醉其中，大家滔滔不绝谈论起来，有的谈上了千年历史，有的吟诵起了"清风明月本无价，近山远水皆有情"，有的乘着酒劲，欲登三峰之顶，实现白居易"林虑双童长不食，江郎三子梦还家。安得此身生羽翼，与君来往共烟霞"的美好梦想。

遥望山下，只见灯火点点，极不规则地分布在田野之中。月亮渐渐爬上山来，给山峦大地披上一层薄薄的银纱，显得格外清寂孤冷。此时，不知是谁提出为时已晚，于是，我们将杯中之酒一饮而尽，迈着醉步，打道回府。

月光变得更加皎洁，远处偶尔传来几声犬吠，在空谷中清晰回响。沿着来时之路，小心翼翼，步步为营，生怕摔倒。不知是酒劲过后变清醒了，还是归家心切，不知不觉，已到山下。

回望江郎山，只觉更加峻峭，原来，江郎三兄弟披星戴月，不分昼夜，凝望远方，始终在那里苦苦等待，等待须女仙子早日归来，那种等待绝不亚于吴刚在广寒宫等待嫦娥。

趁着月色，带着醉意，笑问江郎三兄弟，为何如此坚毅与痴情？但仔细一想，人生又何尝不是这样？有时隐隐相见，有时绵绵相守，有时苦苦追寻……

秀地美的放牧人

元旦如期而至，听人家说，登高能够带来好运，我一时兴起，下午便带上妻子，准备去登高。可是，到哪里去登高呢？我在江郎山下教了整整十六年的书，那里的一草一木，我都记忆犹新。那时的我们，晚饭后会结伴而行，直攀走至开明禅寺，再踏着月色，哼着小调，拖着长影，回到学校。江郎山，对于我来说，实在是太熟悉了。

于是，我想到了太阳山，但因疫情，太阳山景区暂时不对外开放。左思右想，想到了去年曾经去过的秀地美村，不就是很好的去处吗？那里，古老的红豆杉遮天蔽日，枝头那红红的果实，就像春节家门口挂着的红灯笼，摘下一尝，甜甜的，香甜可口，着实令人回味。那里，还有蔚蓝的天空，清新的空气，清澈的山泉，淳朴的民风，古老的村庄……于是，我们决定驱车前往，重拾那些令人陶醉的记忆片段。

一路风景一路歌，沿途的青山绿水，从倒车镜中不断后退。大约开了半个时辰，到了秀地美村。由于道路狭窄，车子不能继续前行，我们改为徒步而上。小溪两边，农家点点，左侧的农房建在山下，右侧的农房却顺着山势，参差坐落在林木之中，特别是有两棵麻栗树，估计树龄至少上百年，绿里透黑，像一把大伞，遮盖了四五家农户的房子，自己仿佛进入了茂密的原始森林。

沿着小溪往前走了五十来米，忽然没有了水泥路，只有一条小小的田埂。正在不知所措时，田埂那头走来一个放牧人，只见他满脸的胡子，蓬乱的头发，穿着一件脏得不能再脏的迷彩服，背着一捆枯柴，赶着三头黄牛从山上下来。我好奇地看着这道古朴而美丽的风景，并目送他从视野中渐渐消失。

这时，又有两位老妇人正从河那边的桥上过来，我马上问道："这条路能不能再往前走，路况如何？"只见年纪稍小的老妇人说道："可以往前走，这是原来进山的主路，只是有些路段被洪水冲毁，走的时候需要小心一点儿罢了。"然后，我又问道："刚才那个放牛的人是谁？"她们便开始娓娓道来，说他是个单身汉，家住在山顶最高的位置，还未娶老婆，当然也没有孩子。他每天都是这样，赶着心爱的黄牛上山放牧，等牛儿吃饱了，顺便把捡拾的一些枯柴背回家，一年四季，雷打不动。

我又问道："他养的牛要卖吗？"只见那个年纪较大的老妇人大声地说道："他每天只知道放牛，不知道卖牛，前一段时间，他养的牛死了一头，怪可惜的，如果拿去卖，还可以换些钱来改善生活。"年纪稍小的老妇人补充道："他呀，一天到晚也听不到他说一句话，也不与别人打招呼，像个傻瓜一样。"后来，我与妻子顺着放牧人的足迹，向山里走去，满山的红豆杉，成片的翠竹，高大的杉木，枯黄的芦花，不知名的杂草……令人眼花缭乱，仿佛在梦幻的仙境里穿行。

我在想，刚才的那个放牧人，为什么每天都重复着昨天的故事？也许，他的脑袋里没有世俗的牵挂，没有物欲的追求。也许，在他的眼里，闷不吭声的黄牛就是他终生的朋友，叮咚的山泉就是他美妙的音乐，路旁的野花就是他一生最值得眷恋的伴侣。

问　道

　　一个周末的下午，老弟告诉我，他结识了一位得道高僧，现居住在离我家不远的清漾村（由于高僧姓毛，祖上曾住于此，为了忆祖，每年都要在此居住四五个月）。据说，这位高僧原是政府官员，后来出家当了寺庙住持，他酷爱艺术，加之苦心钻研，最终，成为一位小有名气的冰雪画画家。

　　初次听说，意欲前往拜访，尽管老弟不断地引见，但高僧终未同意会面。无奈之下，只得"投诗问路"，不觉诗兴大起，顺作了一首《过清漾》："三亩清荷映天云，一池醉蛙对空鸣。不曾相识何必问，苦无世缘难修行。"借诗表达自己虽到清漾，但只能空对荷池，醉听蛙鸣，难以与其相见的失落心情。

　　后来，老弟将高僧赠送给他的画册拿给我看，我又从百度搜索得知，高僧原来在冰雪画方面有很深造诣。于是，我选择了他的一幅代表作，作了一词《天净沙·冰雪》："雨后苍山远，半烟青云若等闲。莫道冰雪最寒处，红衣一点负空行。谁言孤零？"用以绘摹此画所写之景、所造之人、所抒之情、所寓之意。

　　我将所作的两首诗词，配上背景图，制成幻灯片，用微信发给老弟，请老弟转发给他。听闻他看了我的新作，只是微微一笑，旋即作字两幅"常住于宁静,而有深慈悲""所演妙法无穷尽,唯有诸佛能证知",以作回赠。在他心里,无须会面,只要心宁神静便行,只要心息相通即可。

本想面访问道,反被含蓄拒绝,只想,这可能也是一种缘分,因为:有时,擦肩而过,也许就是交集相逢;有时,心照不宣,也许就是融合默契;有时,互逐喜好,也许就是人间真情;有时,心有念想,便是终生印记……

遥望远峰,不觉顿悟,提笔挥毫,作诗一首:"世人莫问苍山老,虚竹空寂迎晚舟。人生难得无牵挂,云烟过后便是家。"写完之后,有一种找到了真悟所在的感受。

新年刚过,春将来临,又赋诗一首《春望》:"东风透窗叶沙沙,白雪入户有人家。竹海曲径通幽处,江边野草又新芽。"

柳树吐嫩芽,江水泛轻舟。虽然时过多年,至今还未面访,但诗与画的碰撞,心与心的交融,让我甚觉:人生轨迹,也许就是这种想见而又不能相见,想见而又无须相见的邂逅。

最高境界

前不久，开着私家车回老家过年，往返途中，发现机油故障灯偶尔会一闪一闪，发动机声音有些异常，直觉告诉我车辆存在故障，需要去修理厂维护了。当我把车开到定点修理厂时，老板小柴不在，由他的父亲老柴代为接待。老柴已经七十多岁，因冬季天气寒冷，头上戴了一顶藏青色鸭舌帽，脸上布满岁月风尘带来的道道皱纹，其步态轻盈，声腔圆润，看到我将车停下，便招呼我到休息间稍待片刻。

于是，我便和他聊起了家常，自然也谈到了车辆故障，老柴一听车辆二字，双眼便闪烁着光芒，说起话来更有精气神。他说，自己1970年入伍参军，是个汽车兵，后任师部车队的管理员。他不单会开车，还会修车。当时师部有一百二十辆解放牌大货车、十二辆吉普车、二十多辆两轮或三轮摩托车，凡是部队刚接来的新车，老柴都要全部检查调试一遍，可谓慧眼识车。日常车辆运行出故障，别人不能解决的，他都能搞定。他自侃，当时的老解放、老东风牌汽车，随便拿出一个零部件，他都能马上讲出名称与安装的位置，一般性的故障，只要听一听声音，便能准确诊断，并且能讲出一套套车辆的运行原理。临走时，他还不忘告诉我：

"车子是通人性的。开车的最高境界是人车一体，只有平时细心地呵护，车子才不易出故障，使用期才能更长。与自己相伴多年的车子，也相当于人生的忠实伴侣，时间长了，也会难以割舍的。"

听君一席话，胜读十年书。原来，行业有诀窍，做事有境界。有的人，做事情浅尝辄止，只懂得一点儿皮毛，便夸夸其谈，遇到问题，丈二和尚摸不着头脑，胡搅乱扯，结果难成其事。有的人，做事只知其表，不知其里，顾了这头，没了那头，殊不知事物都是关联的，道理是相通的，只有明白其理，才能水到渠成。有的人，做事只知其物，而不知物通人性，更不知人与物亦是相通，只有人物一体，物我融合，才是最高境界，方成最美享受。

有人说，人生有三重境界：一是看山是山，看水是水；二是看山不是山，看水不是水；三是看山还是山，看水还是水。第一境界是因为心无所知，一片清纯；第二境界是因为心有杂念，瞻前顾后；第三境界是因为通透万物，深谙天道。

人生在世，精通物理，便会论事不语，遇事不乱，处变不惊，就会达到物我两忘的最高境界，陶醉其中，运用自如，看似不存在，但又无所不在，看似无影无踪，但又不离其宗。

通 书

年关越来越近，农村的集市逐渐变得忙碌热闹起来，街面上人来人往，熙熙攘攘。早点摊上冒着团团热气，吆喝声、叫卖声、讨价声、问候声，此起彼伏。街上的人们，有的是来办年货的，有的是走亲访友的，还有的纯粹是来凑热闹的。

当我把目光投向人群时，偶然间，发现一位老人，站在摊位面前，认真地端详着一个小本本，而后，捧在手心，仔细地翻了又翻，似乎想在里面寻找什么大千世界，仔细一瞧，原来他是想购买一本《通书》。

在我的眼里，手机里应用程序所包含的知识已经包罗万象，互联网替代了纸质媒介，要查什么，只需轻触屏幕搜索查询，即可以实现，已经不需要这种老皇历了，哪里还有谁会来购买这玩意儿呢？

我怀着好奇心问老人为什么还想购买这种老掉牙的玩意儿。没想到，他却对我侃侃而谈，他说，不要小看这小本子，里面可是百科全书，有节气提醒，有气象谚语，有星座和运程，有饮食常识，有实用春联。更重要的是，每天有什么重要之事，还可以记在相应的日期旁边，常用的电话号码，甚至收入与付出的账目都可以写在边边角角的空白处。对于他来说，这简直是一本宝书，它传承的是古老的文化，抒写的是流金的岁月，记录的是真情实感。没有这本书，他的生命好像缺失了什么，生活也就没有慰藉，没有依靠，没有凭证，没有知音，更没有情趣。

人世间，有许多东西，在常人的眼里，始终觉得是无须存在或无须拥有的，但是，对于有些人来说，却是他生命里值得期待、必须拥有和倍加珍惜的一部分。因为这里面有他行走于世的随行足迹和基本信息，没有它，就没有春夏秋冬的真切感受；没有它，就无法迈向风雨兼程；没有了它，就不能走得从容与淡定。

抬头之间，老人已经向摊主付了钱，他拿着那个小红本，渐渐消失在茫茫人海，无从找寻。我不由得醒悟，世上之人，原本都是匆匆过客，彼此都是擦肩而过，唯有通透的相知，才可以理解对方的选择，才可以尊重对方的拥有，才可以洞察世间的万事万物。

山野寻踪

厌倦了城里的生活，便会喜欢上山里的野趣，因为山里没有喧闹的街市，没有杂念的纷扰，可以让我们静心怡然。山鸟清脆，溪流潺潺，便是天籁之音，大自然最高水平的作曲兼演奏在这里得到绝美的呈现。儿时的青涩记忆，时常让我们夫妻两人在周末沿着似曾熟悉的山路不断前行，去追寻那道深蓝与粉红相间的光影世界。

又是一个周末，时值初冬，但下午的一缕暖阳，还是送来了阵阵温暖，以至于脱下羽绒服，还微微渗汗，这也是我们最想求得的效果。

沿着弯弯曲曲的山路不断前行，首先映入眼帘的是路边的野花野草，有蒺藜、泽漆、金鸡菊、野姜花……有的独枝绽放，有的丛丛相依，有的混杂相间，可谓五彩斑斓。

走了一程，驻足留观，野草丰茂，有毛茛、苍耳、艾蒿、赖草、白茅、狗尾草、孔雀草，还有许多不知名的，它们相互簇拥着，生怕没有了自己的一席之地。听说野菜可口，我们便开始寻找苦叶与野芝麻两种家乡最熟悉的野菜，功夫不负有心人，我们终于满载而归。晚上素油清炒，浅盏淡酒，甚觉不枉此行。

山风簌簌，一路攀爬，不觉口干舌燥，本想喝口山泉，但由于是冬天，加之已不年轻，便不敢轻易尝试。但转头一看，见路边山莓一丛，鲜艳欲滴的色泽，着实可爱，于是来一场免费采摘，酸甜可口的味道，配着一曲"林间小溪水潺潺，坡山青青草。野果香，山花俏……"此景此情，着实令人心情愉悦。

山下孤烟远村，天边独树高原。这里的一切，仿佛都弥漫着淡淡的清香，虽然前面看到了野花野草，并且也品尝了野果，但也没敢生出半点儿野心，因为天命之年已经没有少年郎的凛然盛气与轻狂妄想，已经缺失了中年人的年富与力强，唯一剩下的只有从容与淡定，还有那道宠辱不惊、得失皆忘的深邃目光。

收拾一下心情

父亲离开人世,全家人都沉浸在伤悲之中,作为长子,分外忧痛。夜色正浓,倦意顿生,刚想躺平,偶刷友圈,没想到,奔丧结束刚回杭州的儿子,在他的微信朋友圈里发了动态,标题简短,只有六字——收拾一下心情,文字下方有配图,背景十分暗淡,远处泛着微光,正中放着桌灯,桌灯外罩上的"乡音"二字,格外显眼,在游子看来,这两个字更让人觉得亲切。

他作为长孙,爷爷离世,心绪沮丧,回杭之后,需要收拾一下心情。可以一个人默默地静守,也可以约几个儿时的伙伴,畅饮几盅,以求倾诉。儿子选择了后者,我觉得这样挺好,因为许多沉重的心情,释放总比郁积来得更好。

我作为长子,父亲永别,沉痛无比,无心理事。作为喜好,原本每周要写两至三篇散文,居然在父亲离世后的三个月内,一篇也写不出来,不是无话可说,更不是无情可抒,而是心乱神离。原来,当一个人沉浸在某种情绪中时,便会难以割舍,也更难以自拔。

直到父亲入葬后,我才回过神来,才知道天堂与人间相隔实在太远,才知道无论多少的伤心,也换不来与父亲共同生活的那段美妙时光。于是，趁着夏日来临，重拾山行，看看芭蕉葱绿，听听鸣蝉闹枝，收拾一下心情，倾情工作，一返往日对生活的热爱，静静守候，耐心等待秋天的枫红叶落与晚霞蜻蜓。

　　头发凌乱了，需要打理一番，才能显得神采奕奕。公园里的花草，需要修剪，才能显得错落有致。远洋游弋的航空母舰，时间长了，需要到母港进行休整维护，才能为下一段远航提供强力支持。

　　生命旅程也是这样，当你累了的时候，不妨歇歇脚；当你渴了的时候，不妨喝喝水；当你烦了的时候，不妨散散心。人生不可能一帆风顺，也不可能处处成功。失败的时候，需要自励；成功的时候，需要自静；压抑的时候，需要自诉；愤怒的时候，需要自控。

　　人有悲欢离合，月有阴晴圆缺。只有看透了人间万象与自然规律，才能在失魂落魄时，找到继续坚强的理由。只有看尽了人生归途与长安之路，才能在孤独寂寞时，找到执着前行的借口。只有看淡世间名利与白云清悠，才能在烦躁忧郁时，找到洒脱不羁的风度。

　　收拾一下心情，准备下一站再出发，期待遇见更美的风景与自己。

微信红包

自从有了微信红包，人们逢年过节、遇喜事分享时，都非常喜欢使用，以示庆贺，因为操作便捷，不论路途多么遥远，只要有网络信号的地方，都可以瞬间送达，还因为所发金额可随心，有时红包金额还暗含吉祥、暗喻真情。不过后来，为了规范金融秩序，对单一红包设置了 200 元的上限规定，据说，在情人节的时候，单一红包可以发送 520 元，这也不失为一种人性化调整。

在担任校长期间，每逢传统节日或小有佳绩，便率性而为，慷慨解囊，要么发一个总额 800 元的红包，让群里的同事朋友们喜抢一通，要么倡导平均主义，每人发等额红包；遇到中考、春节等重要日子，有时人均 8.88 元，有时人均 6.66 元，以图吉利顺遂，全年下来，发红包总额会达七八千元。因此，每逢熟人问我当校长一年的津贴时，我说，除了发红包和加油钱，已所剩无几。在我的心目中，当校长是为了践行教育理念，创造人生价值，而不是为了贪图安逸享乐，或为了拿点儿所谓的职务补贴，因为"桃李满天下"的那种幸福感，不是其他职业或岗位所能替代的。

每次红包一发出，群里便收到阵阵谢意。全天紧盯手机的，会在第一时间有所回应，送来"鲜花""烟花"或祝贺语。偶尔看手机的，会在看了之后，及时送上点赞或祝福。还有几位是从来不看手机的，因为每次发出去的红包，都有几个会被退回来。也有那么极少数的，会抢红包，但从来不送祝贺与谢意，也许这些人对外界事物已经淡漠。

有时，一群人相聚，喝得尽兴时，也会有人提出开始抢红包，并且，明确表示若抢到最大数额的必须接着发一个，如此这般，只见群里众人心花怒放，积极踊跃。有的因为运气较好，时常抢到最大的，于是，拿出抢来的和自己卡包里的零钱，在群里"天女散花"，博得阵阵喝彩。最后，倒是那些运气中等的，每次均有收获，所积累的财富也最为多。如此这般，直到某位觉得无趣，抑或小气，捂紧口袋，不再发送，方才停歇下来。

如今，我已从校长岗位卸任，自然也从群里移出，便没有了往日发红包的乐趣。有时想想，在那段难忘的岁月里，发红包也是一种值得珍藏的记忆，因为付出本就是一种快乐。

乘　凉

炎炎夏日，夕阳渐渐西下，天边火红的晚霞也慢慢褪去。晚饭过后，仍觉酷暑难当，于是便轻轻下楼，坐在小区里人工小溪边的紫藤长廊乘凉。那姹紫嫣红的紫藤花沿着仿木水泥花架垂落下来，好似一条条紫色的瀑布，从天而降。满天的星斗，也来映辉添色，还有那不知疲倦的知了，和着夏风，不停鸣唱。不久，凉风渐起，溪边的垂柳也微微拂动了起来，方觉心身一片舒爽。夏天的夜晚，本来就是一个乘凉的好时光。

我的童年是在乡下度过的，童年的许多记忆，随着时间的流逝，已所剩无几，但那夏天晚上乘凉的场景却让我终生难忘。记得，那时的邻居，经过一天的忙碌之后，不管男女老少，伴着夏天的晚风，相聚在一起，共同度过那段闲暇而浪漫的时光。

夏天，是农家最繁忙的季节，因为既要忙着早稻收割，又要忙着晚稻插秧。晚饭过后，已经满天星辰，此时，只见大伙儿三五成群，摇着扇子，端着凳子，背着竹席，抬着躺椅，拎着水壶，拿着旱烟杆，捧着水烟筒，在家门口的一块空旷的水泥地上，抢占着各自的风水宝地，然后，他们有的坐着，有的躺着，有的已经睡着了。当然，小孩子因白天不下地，精力充沛，到处追逐，一片欢笑。那灿烂的笑声，穿透了空旷的原野和淡淡的月光。

　　此时，苍穹变成了帐篷，月亮映白了脸庞。为了防止蚊子叮咬，有人从家里拿来了稻草，在上面撒了些砻糠，用火柴点燃，那飘荡的烟火，随风弥漫，有些人重新调整了位置，防止被烟熏呛。

　　隔壁的大叔，拿出旱烟，一撮一撮，装满烟斗，点着，不停地抽吸，为了显示超高水平，还不时地吐几个烟圈，仿佛，岁月就在那些烟圈里打转。打闹的小孩，渐渐少了些喧嚣，渐渐进入了醉人的梦乡。那些正值青春的少女，毫无羞涩，随便盖着一层薄毯，也夹在众人的中央。只有年纪较大的妇人，绝不来凑热闹，像模像样地待在家里的床上。

　　月亮渐渐地落了下去，后半夜的风儿，已从凉快变成了带有些许的凉意，不时，有人被冻醒了，只见，他们又先后拿起自己的烟盒、火柴、竹席、烟杆、凳子、躺椅、水壶，慢悠悠地回到家中，躺在了挂着粗布蚊帐的床上睡去，等待新的一缕曙光。

　　虽然，现在我已住在城里，天上的月亮依旧那么皎洁，沿江的风景在灯火的辉映下，显得是那么气派与璀璨，但儿时那种静静休憩、无忧无虑的日子已经一去不复返。

补 丁

清晨的阳光，洒在阳台那盆水仙上，转眼到了周末，又该从城里回老家看望父母了。今天，依然是这样。还没到家门口，就远远地看见八十多岁的老爸坐在门前，眯着双眼在那里打盹，这是他每个星期天上午的习惯动作，因为他知道他的儿子这天会如约回家看看。

当我跨进门槛，叫声老爸时，他便张开蒙眬的双眼，笑眯眯地说："又回来了。"而后，便端起凳子，回到里屋，端起茶杯喝起茶来。我拿出精挑细选来的橘子，剥开皮，递给老爸。老爸便慢慢地品尝起来，他尝到的可能不只是橘子的甘甜，还有儿子每周回来看他的喜悦心情。

我抬起头，突然发现老爸穿的外套领子上打了补丁，我便十分生气地说道："老爸，你怎么可以穿着这样的衣服呢，这不是让儿子倒霉吗？儿子可是堂堂的人民教师呢！"说着，我把事先刚从商场买来的一件新羽绒服拿了出来，叫老爸把打着补丁的衣服马上换掉。没想到，老爸倔犟地说："我就是不换。衣服不在于新旧，更不在于是否有品牌，只要穿着暖和与舒服就行。"

老爸一面愤愤地说，一面转过身，将凳子又搬到了门外，晒起太阳来。这时,我更是火冒三丈,说道:"老爸,你这是给儿子丢脸!"没想到,老爸更是来劲了:"有什么丢脸的?难道穿着打着补丁的衣服,就没有尊严了吗?"

我心头顿时一震,是老爸的审美出问题了,还是我的内心出了问题?到底是老爸思想过于守旧,还是我的理念太过于求新?

此时的我,突然看到了墙脚的一棵小草,正在沐浴着阳光,快乐地成长。我恍然大悟,原来老爸的话才是世界上最纯朴的语言。因为生活,只有自己过得真实,才是最重要的。不要太刻意地在乎别人的眼光与评价,不要用世俗的眼光来看待事物,更不该用价格的天平来衡量所谓的高低与贵贱。

我凝视着老爸旧衣上的补丁,心情久久难以平静。原来,不是老爸的衣服破旧需要打上补丁,而是我的内心有问题需要打上补丁,以便修复与弥补所谓面子工程而带来的道道裂纹。

谈婚论嫁

刚过元宵,很多人都还沉浸在年味之中,但师生们已重返校园,开启新学期的生活。按照以往惯例,开学第一天,我们都要驱车前往辖区内各学校转转,看看工作是否正常有序。由于其他随行同事均为女性,路感较差,于是每逢外出,便由我这位男性掌握方向盘。其实,这样也好,方向操纵在自己手中。

今年开学第一天,正逢雨雪天气,天寒地冻,但还是阻碍不了我们前行的坚定脚步。我娴熟地驾着车子,看着窗外雪花飞舞,夹杂着零星飘雨,扑面而来,落在挡风玻璃上,既温润,又冷酷,虽然车外寒意阵阵,但车内却暖意融融,我们一路说笑,谈工作、谈家庭、谈生活。

几位同行者中有一位大姐家里的独生女到了谈婚论嫁的年龄,在谈及女儿婚姻大事时,大家各抒己见,众说纷纭。这位大姐说自己家里条件比较优越,拥有多套房产,夫妻二人都是白领,女儿名校毕业,长得水灵,能歌善舞,能力出众,活脱脱就是一个白富美。可女儿就是不愿谈婚论嫁,别人给她介绍对象,她都一一回绝,理由不是因为相距太远,就是因为对方长得不够帅气;不是因为观念太旧,就是因为对方过于冷淡,如予以施压,便会回一句"既然这样,那你们自己嫁他去",最后大家吃了一顿闭门羹,都以劝说失败而告终。

当谈及原因时,有人说当今社会,负责任的男生太少,能吃苦的男生更少。有人说现代年轻人,只顾自己享受,他们追求的是自己的生活质量,哪有什么婚嫁概念,哪会考虑生儿育女?有人说住房、教育、医疗三座大山,压得年轻人喘不过气来,哪会考虑恋爱婚姻?有人说只因缘分未到……这个开放式话题,并无标准答案,于是各有说法,均见其理。

我提出了自己的观点。我说许多企业家、高官的千金成为大龄剩女,也许是因为他们的家庭条件太过优越,也许是他们的社会地位相对显赫,也许是他们的女儿太过优秀。但凡这种家庭,都有一个共同特点,那就是择偶标准较高,要么是门当户对,要么是对方富甲一方,要么是对方身居高位,要么是对方容貌出众,要么是对方能力卓越。正是这种无形却充满杀伤力的高贵,让许多初入职场、家境贫寒、外貌欠佳的男生望而却步,生怕受到鄙视,生怕受到冷眼,生怕受到"癞蛤蟆想吃天鹅肉"的非议,生怕即使结合在一起,每天终要吃软饭,没有话语权,最终落得个附属品或者傀儡的称呼。

俗话说:花配花,刺配刺,浪荡公子配小姐。很多人将这句话片面地理解为:恋爱或婚姻双方在地位、才貌、财产方面必须对等。但我觉得这句话讲求的不是双方外在形态的高度匹配,而应该是双方内在精神的深度融合。

其实,爱情讲求的是双方彼此的理解、彼此的尊重、彼此的牵挂、彼此的包容、彼此的温暖相拥。如果用财富、名利、地位、相貌去捆绑,那么,爱情就会变成一种交易,就会变成一种凑合,就会没有彼此的心心相印与息息相通。

真正的爱情,讲求的是双方要有共同语言;真正的爱情,讲求的是双方待人接物上的端庄高雅；真正的爱情，讲求的是双方之间的理解与包容；真正的爱情，讲求的是对等平视，而不是仰视或俯视。

一番交流之后，我们终于找到了共同答案，那就是身为父母，应该学会放手，要正确引导子女，让他们自主成长，找到真正的爱情，找到心仪的另一半，让他们在风雨中一路同行，并通过他们的艰辛与努力，收获泪水、汗水与薪水。唯有这样，他们才会理解生命内涵，才会懂得加倍珍惜，才会在人间沃土播下幸福的种子，也才会在晨钟暮鼓里听到日出日落所带来的天籁之音。

冬至听雨

又到了一年的冬至，对于北半球的人来说，这天太阳的直射点位于南回归线，到北半球任何一点的距离，在一年中当属最远，这天是一年中白天最短、黑夜最长的一天。

长夜漫漫，又逢沥沥下着寒雨，而我却窝在温暖的房间一角，博览群书，润泽心灵。也许是吃了饺子的缘故，或是因为心智变得有所成熟，正遇时节，触景生情，遥想寒夜冬雨之下芭蕉、梧桐、梅花在古人笔端的模样。

经常去爬山，山路两旁，芭蕉丛绿，它那宽大的叶子，苍翠欲滴，风情万种。因是冬夜逢雨，于是联想起徐再思《水仙子·夜雨》"一声梧叶一声秋，一点芭蕉一点愁，三更归梦三更后。落灯花棋未收，叹新丰孤馆人留。枕上十年事，江南二老忧，都到心头"的经典词句，甚觉词人用了几个数词，便将人间真情诉说得淋漓尽致、孤凄泪流。

再说梧桐，经过阵阵秋风，桐叶已铺满大地，但树干却显得更加挺拔刚毅，冬寒时节，冷雨纷飞，不由得忆起唐五代温庭筠《更漏子·玉炉香》中"玉炉香，红蜡泪，偏照画堂秋思。眉翠薄，鬓云残，夜长衾枕寒。梧桐树，三更雨，不道离情正苦。一叶叶，一声声，空阶滴到明"等绝词佳句，方知宋词已将中国古代文学创作推向巅峰，那透露出来的声声离别可谓掷地有声，并且情意绵绵。

方思梧桐叶，又忆梅花时。宋代的杜耒在《寒夜》中写道"寒夜客来茶当酒，竹炉汤沸火初红。寻常一样窗前月，才有梅花便不同"，诗人与客对坐，开怀畅饮，别有一番情致。

今为冬至，忽又想起古人对冬至的缅怀与畅想，苏轼所吟"井底微阳回未回，萧萧寒雨湿枯荄。何人更似苏夫子，不是花时肯独来"，道出了词人雨夜访禅的独特感触。《冬至日》中"佳节萧条陋巷中，雪穿窗户有颜风。出迎过客知非病，归对先师喜屡空"，道出了词人苏辙在长夜中的萧寒与孤寂。《冬至》中"葵影便移长至日，梅花先趁小寒开。已有岸旁迎腊柳，参差又欲领春来"，写出宋代词人朱淑真在绝望中看到希望、在冷酷中遇见温暖的绝美意境。

一年二十四节气，是先人代代观察、总结、提炼出来的节点描述，每一个节气，都有着丰富的内涵，无论是"清明时节雨纷纷"，还是"待到重阳日，还来就菊花"；无论是"东风解冻生春水，物候从新雁北归"，还是"残夜疏凉晓露生，寒蝉一曲雁回峰"，都是对时间轮回的精准描述，更是对天地自然的深切体验。

窗外泛着微光，冷风夹杂着寒雨，那声音既有悲寒，又可遇见温暖。回眸当下，静观眼前，唯有珍惜，才会不辜负已然来到的大千世界。

红月亮

今天是农历十月十五,月亮最圆也最为皎洁。往年的这个时节,已然是深秋,天气已经偏冷,特别是早晚时分。可今年不知为何,夏天特别久,秋天姗姗来迟,老天仿佛暑意未尽,以至于农历八月盛开的桂花要等到九月才开始吐露芬芳。

晚饭后,秋风吹拂着脸庞,居然有一种如沐春风之感。迎着微弱的灯光,走在柔软的塑胶路上,对岸的山峦已变得模糊不清,只能看见依稀的轮廓。不知哪位路人忽然惊叫道:"你看,你看,今天的月亮是红色的!"行人便纷纷驻足遥望,有人拿出手机,开始从不同角度进行拍摄,更多的人在议论如此天象出现的原因,有说凶兆的,有说年成不好的,有说浪漫演绎的,有说自然现象的……各人因学历、经历、资历、阅历不同而众说纷纭。

因为教了几年科学课,让我更相信红月亮是因为月全食而产生的一种自然现象。因为月亮本身并不发光,我们在地球上所看到的无非是月球表面因阳光照射而产生的反射,当出现月全食,月球进入地球本影中时,太阳光无法直达,但却可以通过地球大气层折射抵达,因为波长越短的光越容易受到影响,而波长最长的红光受到的影响不大,可以穿透大气层折射到躲在地球影子后的月亮上。所以,月全食的食甚阶段,大家看到的月亮是暗红色的,即所谓的"红月亮"。

因为教了几年语文课,大学所学专业也是汉语言文学,于是,从"婵娟昨夜换红妆,渐掩娇容敛玉光。天上群星窥广宇,人间万姓迎穹苍。邀谁一棹银河近,伴尔三盅桂酒香。缕缕情思归绮梦,悠悠不觉北风凉"中看到了诗人的多愁善感。原来,在文人笔下,任何凄凉、壮美、辽阔、沉重、轻盈、温柔都可以化作一片云雨,更何况红月亮如此壮观而凄美。

因为年内几位亲人离去,有的年老体迈,可以理解为正常的生老病死,有的正值风华正茂,只能理解为命中注定。于是,便觉得这一年确实是个灾年,否则,怎么会如此绝情,竟让亲人渐渐远离而去?

因为家有三分菜地,今秋又遇大旱,整月难见下雨,刚种下的蔬菜,需要不断浇水,可取水之处距菜地较远,需费好大劲,才能从远处担水加以润养,否则,将会收成惨淡。忽又觉得今年虽庄稼都难有收成,但还好国家兴修水利,否则,饥荒、寻求救济都将不可避免。

回到家里,驻足阳台,举目远眺,红月高挂。万物静寂,而秋虫呢哝。千山沉醉,而孤人独倚。据天文学家预测,下次再见如此壮景,必须再过二千三百二十二年,真是千年等一回。心想着世间万物怎会如此神奇,造物之主怎会如此灵明,生命之旅怎会如此迷离?

夜色渐浓,白露微凉。抬步入室,安然入睡。不知明日早起,那一轮红色之月,是否还会依旧红润、高挂青天。

山　行

　　许多文人大家,留给后人的不只是豁达的胸怀、超脱的志趣、缠绵的柔情、高洁的品性,还有对生活的热爱和对自然或现实的深度思考。重阳到了,脑海里便会闪出孟浩然的"待到重阳日,还来就菊花";孤身在外,便会想起王维的"独在异乡为异客,每逢佳节倍思亲。遥知兄弟登高处,遍插茱萸少一人";中秋到了,思绪里便会飘出李白的"举杯邀明月,对影成三人";春雨来了,衣袂间便会流出杜甫的"好雨知时节,当春乃发生。随风潜入夜,润物细无声";枫叶落了,回眸间便会映出杜牧的"远上寒山石径斜,白云生处有人家。停车坐爱枫林晚,霜叶红于二月花"。

　　深秋的周末,天高云淡,满山的红叶又勾起了我对山里的深深向往。应好友邀请,便驱车前往追望已久的群山之恋——小湖南。由于是山区,道路曲折,上下起伏,一同前往的妻子,直呼晕车,于是,连忙找到一平阔之处,让妻下车休息片刻。

　　一路风情一路歌,车子在群山间曲折绕行,同行好友时不时地向我讲述他年轻时在沿途山里创业的故事。每户人家有几口人,每人的兴趣与爱好是什么,每家的经济与教育状况,谁在村里声望最高,谁在村里口碑最差,他都能如数家珍。山里人的好客、农家人的纯朴、山里姑娘的羞涩、山里娃的天真、山野的浪漫……时不时在脑海深处荡起片片涟漪。

山路崎岖，车子颠簸，当然，距目的地也越来越近，杨万里的"政入万山围子里，一山放出一山拦"，让本费时途远变得更加充满诗情画意，也就顿无疲劳，只顾前行。

一方山水养育一方人，山路的一侧或是小溪，或是水库，偶尔可以看到一两户人家，缕缕炊烟从重重深林袅袅升起，宛如仙境，至少可以称得上陶渊明笔下的世外桃源。

到了小湖南镇，好友要下车办点杂事，于是，又来到黄坛口水库渡口，静观整个库区，只见库水清澈，鱼翔浅底，小艇飞驰，一派静谧。移步换景，景随情生。眼到之处，或竹林苍翠，或松木笔挺，或鸟鸣山涧，或松鼠跳行……怪不得东坡先生在庐山深处会发出"横看成岭侧成峰，远近高低各不同。不识庐山真面目，只缘身在此山中"的千年感叹。

仁者乐山，智者乐水。伴山而居，面山而坐，绕山而行，无一不是人间最绝妙的一场修行。

借　钱

儿子因工作与生活之需，欲在杭州市区购置一套刚需用房，但其初出茅庐，所认识的同学与朋友又都是年轻一族，他又刚参加工作，家中也没有什么积蓄，故借钱的担子自然就压到了我这个做父亲的身上。

参加工作之后，由于家境贫寒，没什么基础，自己省吃俭用，渐渐有所积蓄，在全家努力之下，于乡下老家新建房屋一座。后因工作之需，又在城里购置了一套商品房，但都是靠工资收入积攒，才勉强还清了所背负的重重债务。如今，又要开始举债度日，顿觉压力山大，但又无可奈何，谁叫自己活得如此清贫。

生活中，有人开玩笑说，人生有"三怕"：一怕生病，二怕考试，三怕借钱。因为借钱需要勇气、底气、骨气，还得不伤元气与和气。在平时生活中，我还算是比较爱结交朋友的，朋友当中不乏诸多有钱之人，但真正开口要向他们借钱，真的难以启齿。因为一旦开口，人家便会觉得你怎么如此穷困与无能。借钱需要拿出莫大的勇气，一要做好被拒绝的准备，二要做好被训导的预设，更担心出现的是，不但没有借到钱，还要被训导一番，空手而归之后的落寞心情，那真是无法言喻的。当然，大部分朋友还

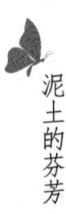

是理解的，因为毕竟知根知底，谁叫我是一个穷教书匠。

借钱其实更需要的是底气，因为借钱之后，必须考虑能否按时偿还，没有一定收入，肯定是不敢举债度日的。所以，在借钱时必须好好地掂量自己，到底有多少两"沙糖"。有了举债，就会有压力，自然也就有了动力。于是，便会想着如何增收节支，许多创收渠道可能也会因此而被发现与开拓，这也正好印证了"穷则思变"的道理。

借钱还需要有骨气。如果不是急着用钱，那也不用到处东借西凑。在借钱过程中，人家虽借钱给你，但同时抛出几句风凉之辞或告诫之语，你就会觉得自己无地自容或郁闷无比。有的人会用韩信"胯下之辱"之心境开脱自己，毕竟钱是借到了，至少可以缓解燃眉之急。于是，又想到了鲁迅先生的一句话"走自己的路，让别人去说吧"聊以自慰。仔细一想，过日子，也还真需要"管他冬夏与春秋"。也有讲骨气的，面对如此场景，会直接回绝对方，表示不再打扰，以便挽回自己的尊严与面子。

问人家借钱是有底线的，因为涉及关系问题、信用问题，也涉及个人偿还能力问题。如果关系不佳，最好不要轻易开口。如果不能及时偿还，最好不要冒昧伸手。对未来生活要留有余地，不要超负荷运行，因为一旦超出你的偿还能力，会让你大伤元气与和气，坠入万丈深渊，甚至迈入万劫不复之地。

金钱不是万能，但没钱万万不能。借钱，是一门学问；借钱，也是一种能力；借钱，更是一门艺术。无论借力发展，还是借船出海，都要量力而行，唯有这样，才能在星辰大海里找到真正属于自己的那一份勇气、底气和骨气。

无患子

又是一个春天，正是植树造林的大好时节，朋友的厂区需要种两棵树，以装点门面。有人说种点桂花，因为桂花四季常绿，到了秋天芳香四溢，令人心醉。有人说，种点香泡，因为香泡树四月开花，那香气芬芳浓郁，五月开始结果，到了秋天，那黄澄澄的果实，犹如一颗颗金灿灿的黄宝石，镶嵌在绿叶丛中，着实惹人喜爱。摘下果实，经过冬天的储藏，到了来年春天，拿出品尝，那味道绝对让人回味无穷。有人说，种点香樟，因为香樟树生长迅速，树形高大，遮天蔽日，夏天能够带来一片绿荫。有人说，种点造型罗汉松，有像黄山迎客松造型的更佳，每当外人来时，颇有一番意蕴。

那是一个周末的下午，我怀着轻松的心情，卸去了满身的疲惫，来到这位朋友自己开的厂里品尝新茶，朋友不经意间问我："厂门口两侧到底应该种什么树，有那么多的建议，我真不知道哪种更好？"那倒也是，当众说纷纭时，确实让人难下定论。

我抿了几口大红袍，茶汤清澈透明，醇香扑鼻，不觉思绪大开，便说："人生在世，只有保持一种平淡的心态，无论种什么，都能成为一道美丽的风景。"朋友说："你这种说法，等于白说，因为并没有指出具体选项。"我又说："绿化讲究的是春有花、夏有荫、秋有果、冬有叶，如果从这个角度来说，种两棵香泡也是不错的选择。"

我们又聊了一些国际时政，分析了当下经济发展趋势，谈论了公司经营现状与发展愿景，最后又聊到了运动与健康、家庭与教育。当谈到子女成长问题时，感慨万千，更觉得中国式家长实在活得不够独立自主，从盼望孩子快快成长，到孩子上大学、找工作、买房子、谈恋爱，最后，还要充当带薪保姆，整天忙碌，操持家务，照顾孙子、孙女，直到垂暮之年，方觉人生苦短，最终化尘而去。

说到这里，我在想，如果孩子听话懂事，就会勤奋学习、努力工作、体谅父母，就会家庭和睦、经济宽裕、快乐生活，也就不会给父母增添太多的担忧与烦恼，倘若能够生个这样的孩子，那该是人生之一大幸事。于是，我便说道："种两棵无患子更好，寓意家里养育的都是没有忧患的孩子。"更何况，无患子树形高大，主干笔直，表皮光整，且属彩色树种，一到秋天，叶子便会由翠绿变成金黄，远远望去，仿佛看到安徒生的童话世界，充满惊喜与幻想。还有那结出的果实，俗称肥皂子，晶莹透亮，微微泛出蜡黄色，活像一块圆形黄宝石。二十世纪六七十年代，人们洗衣服缺少清涤用品时，便会捡拾几颗，当作肥皂，往浸湿的衣物上反复涂抹，便会出现一团团泡沫，用板刷一刷，然后放到清水里一冲，衣物就会干净无比，绝不亚于市面上销售的洗衣液。

被我这么一说，朋友顿时豁然开朗，他说："种树，图的就是一种寓意，一种期待，一种愿景。人生路上，最庆幸的一件事，莫过于生养一个没有忧患的孩子。"

待到第二个周末，我再次前往拜访时，朋友的厂门口真的多了两棵无患子树。

不会喝酒的酿酒人

南方农村的习俗，就是那么神奇，里边的深意至今无人全懂。又到了农历十月初十，传说这天是佛祖的生日，家家户户都要酿糯米酒，以备过年时招待客人。

我家也不例外，这一天，母亲会早早地把前一天浸泡过的粳米与糯米从盆里捞出来，放到饭甑里。父亲也将前一段时间晒干的大柴一块一块地往灶膛里送。火烧得旺旺的，映红了父亲与母亲的脸。不一会儿，锅里的水便开了，母亲将饭甑小心翼翼地端入锅里。随着柴火的不断燃烧，蒸气渐渐从饭甑盖子的缝隙里钻了出来，散发着阵阵香气，猛吸一口，只觉得直达嗅觉深处，那种感觉，那种味道，称得上是人间至美享受。

待到蒸气笔直往上冲的时候，母亲判定饭甑里的米已经煮熟了，便将饭甑从锅里取了出来，将里边的米饭倒在一个大木桶里。待稍冷却，拌入酵母，充分混合后，母亲将其放入一个土缸中，然后轻轻地用纱布盖住，再盖上木盖子，给上面覆上一层破棉絮，又用秋天从田里收割回来的干稻草将整个土缸围了起来，生怕里头的酒香会跑出去。

大约过了一个星期，可渐渐闻到酒的香气，那香气是那么的醇厚，但又是那么的清香四溢。听母亲说，如果这个时候还不能闻见酒香，说明前功尽弃，已经失败了。她说，刚开始酿酒的时候，也经历过这种失败，只是后来，不断调整火候，不断反思，不断改进流程，才达到今天熟练的地步。

当我问母亲有哪些因素会影响酒的品质时，母亲随口说道："比如说，蒸熟的米饭冷却后的温度是否合适，土缸周围的稻草是否封实，加入的酵母是否有问题，后面加水的时候开水的温度是不是太高……"母亲虽然没有上过一天学，但是她心灵手巧，居然将如此复杂的问题，探究得一清二楚。此时，我才真正感悟"纸上得来终觉浅，绝知此事要躬行""三百六十行，行行出状元"等话语其中蕴含的深意。

母亲从来都不喝酒，但她酿出来的酒，只要到我家喝过的亲朋好友，都会赞不绝口。听他们的意思，母亲绝对是一个酿酒方面的土专家，如果去参加酿酒比赛，可能还会获得"杜康奖"。

人生就是如此，社会也是这样，有这么一群人，他们能够创造出世间最美的东西，或许自己不曾品尝，也无暇品尝，但却芳香四溢，沁人心脾。

老 屋

在许多人的记忆里,老屋是一道挥不去的印记。因为在这里,充斥着人与人之间的恩恩怨怨、物与物之间的磕磕碰碰、事与事之间的纠纠缠缠,流淌着家族的浓浓血脉,沉淀着饭茶的阵阵清香,回荡着丰收的缕缕欢笑,饱含着岁月的淡淡忧伤。

少年懵懂,心智未熟,童言无忌,天真烂漫,没有成年人之间所谓的虚伪面子,也没有成年人的谨小慎微,更没有成年人之间的尔虞我诈、钩心斗角。哪怕出言不逊,也不必考虑后果,完全可以解释为活泼调皮或天真可爱。此时的老屋,在孩子们的心中,是快乐的摇篮、游戏的天堂,他们在这里打打闹闹、荡秋千、捉迷藏、过家家、打纸包,嬉戏追逐,无不快乐,犹如老屋天井上方之蓝天,蔚蓝无比,高远辽阔,所有的希望与梦想都可以在这里展翅放飞。

人到中年,满肩的负担,沉重的责任,上有老、下有小,此时的父母年迈体衰,需要悉心照顾,特别是那些躺在病床难以自理的,更是让人着实费力劳神,孩子小一点儿的正好在读书或刚入职场,大一点儿的恰好谈婚论嫁,需要房子、车子,而大多数人家中并无多少积蓄,于是压力山大。此时的老屋,成了满载负荷的小船，里面有病老的父母，有半新半旧的家当，还有自己渐渐变老、略显疲惫的身躯。逢年过节，在外的人们纷纷回到儿时成长的老屋，互相见面，有问候，有感慨，有牵挂，有唏嘘……可谓热闹非凡。当然，大家谈论最多的是孩提时光的美好回忆和在社会上滚爬跌打后的酸甜苦辣。

迈入老年，老屋已变得破败不堪，自己也已风烛残年。许多家的老屋，拆的拆，卖的卖，破的破，塌的塌……无人居住，无人料理，屋檐下结着成片的蜘蛛网，曾经使用的农具、炊具、餐具、家具静静地躺在那里，仿佛诉说着生命尽头的那份安详，老旧的门板灰中带黑，刻着流金岁月的无尽沧桑，台阶上布满青苔，绿色小生命不断向四处蔓延，老屋前后的一些古树，也在诉说着风雨的摧残和岁月的无情。遇到雨天，屋内与屋外并无太大区别，雨水如注，倾流而下，满地溜滑；遇到晴天，屋内与屋外也无多大区别，正午的阳光透过破裂的瓦缝与天井，把整间老屋照得通亮透明。所谓的人去楼空，所谓的霜打凋零，每天都在不同的空间陆续演绎。

时光飞逝，老屋都将离我们渐渐远去，其间的主人也将伴随着它消失在茫茫的岁月之中。老屋是寄托，是见证，更是归宿。老屋是摇篮，是天堂，更是祭坛。老屋是符号，是标签，是印痕，更是难以融化的万千思绪。

第一部分　往事如风

那一抹红糖香

说起家乡特色，二十世纪中后期，最有名的就是水泥。那时的江山水泥，知名度很高，全国很多基建工程大都指定要用江山水泥，可谓名声远扬。

随着时代的发展，江山又推出代表性农产品"一桃二白"。"一桃"指的是猕猴桃，主产于当地塘源口、周村、大峦口等山区，由于当地水源纯净，空气清新，所生长的猕猴桃口感特别好，故声名在外，远销全国。"二白"指的是白鹅与白菇。白鹅因吃的全部是青草、米糠等，不用饲料喂养，肉感特别细嫩鲜美。白菇因富含人体所必需的微量元素，已然成为饭桌上的一道美味佳肴。

拿破仑说："哪怕蒙上他的眼睛，凭借嗅觉，他都能回到自己的故乡，因为那里的风，总带着一种植物的独特味道。"老家江山也是如此，空气里始终弥漫着那一股股清爽的甘蔗味。

到了初冬季节，家乡的甘蔗便长得高大粗壮，蔗农们纷纷拿出工具，推上两轮车，奔忙在田间地头，脸上始终洋溢着灿烂的笑容。大家通过半天劳动，满载而归，丈夫在前面拉，妻子在后面推，还有那些孩子，则跟在后面，嬉笑打闹，不亦乐乎。大户人家甘蔗种了好多亩，通常雇人收割，并将甘蔗叠放在拖拉机上，运送到村里的糖厂。沿途如不设防,便会被追在拖拉机后面的孩子们偷偷拽去一截。那时的孩子没有什么零食,能够吃上一段甘蔗,便是一种美味享受。

家乡的风味很多,在我的记忆里,感觉最浓的还是那一抹红糖香。记得儿时,大多数人家里都比较穷困,能够吃上一段甘蔗,那绝对是一种奢望。至于红糖,那更是遥不可及,因为当时春节拜年,红糖便被认为是一种上等礼品,记得春节过后,爸妈便念叨着到外婆家拜年,礼物便是两包用黄皮纸包起来的红糖,当时三叔还健在,只记得他心灵手巧,将那黄皮纸包成一件件艺术品,有棱有角,着实好看。

正月过后,奶奶的橱柜一般会存放着一瓶红糖,那是她的后辈们给她老人家拜年时送上的最昂贵的礼物,奶奶有时会拿出来,小心翼翼地打开瓶盖,用调羹慢慢地抠一点点出来,放在我的手心。此时的我,拼命地用舌头舔着手心里的红糖,顿时一股甘甜涌入心头,直浸入全身的每一个细胞里。然后,奶奶用食指轻轻地将瓶口抹了一下,又将抹了糖味的食指伸进嘴里,顿时,她的脸上便荡漾起一丝甜蜜的微笑,紧接着,她又小心翼翼地将瓶盖盖上,将瓶子深藏在那橱柜里。

时过境迁,老家的村里已经没有了糖厂,为了找回儿时的记忆与滋味,一个初冬的下午,我便驱车前往江山当地最有名的产糖区——李坪村。临近村庄,便看到一大片的甘蔗林,虽经秋寒冬霜,叶子仍旧有些绿意,下面部分的表皮微微发黄,透露着千种风情与万般成熟。蔗农们正忙着收割,有埋头苦干的,有满载而归的……远远望去,俨然成了一幅秋收图,金黄色成了背景,劳动者成了图中最耀眼的主角。

走进糖厂,只见几口大锅热气腾腾,灶膛里的火光映红了烧柴工的脸,师傅们正在用铲子或勺子不断地搅拌、倒舀。随着一道道工序的推进，一锅锅橙红色的糖块或粉末随着锅中水分的蒸发而渐渐显露了出来，空气中弥漫开丝丝甜味，经不住如此色味的诱惑，便随手拿了一块红糖含进嘴里，甘甜的味道瞬间溶化了浓浓的乡愁。

  岁月如歌，不经意间，两鬓间又多了些白发，但只要闻到家乡的那一抹红糖香，便会觉得时光静好、岁月不老。

轮椅上的春天

春天的一个傍晚，到江边去散步，偶遇一位已经退休的老同事，夫妻俩正推着一张轮椅，轮椅上坐着她那慈祥而又可爱的老母亲。她母亲原来是教书的，看上去特别慈祥，不过因年老体迈，此刻，看上去倒像一个婴儿，显得天真可爱。因大家多时未见，于是便彼此招呼寒暄，当同事指着我向她的母亲介绍说："这是我原来的同事。"老太太听后直直地盯着我，想说但又说不出来，不过从她的眼神里，我已感觉到她的热情与问候。

老太太坐在轮椅上，显得特别欣喜，在她的眼里，大千世界，四季如春，始终那么美丽，那么令人沉醉，哪怕是生命的最后一段时光，也是那么令人向往与不舍。夕阳西下，江边的晚风，夹着草木的清香，扑面而来，看着他们三人远行的背影，直叹时光飞逝、人生苦短。当然，也觉得这样的三人行，的确是天底下最隽永而美丽的风景。

我回家出入电梯时经常会遇到住在楼上的一位小伙，年龄大概二十岁。据说是先天性的双腿不能走路，全靠轮椅出行，推他的是一位男性保姆。不管春夏秋冬、风霜雨雪，每次遇见小伙时，都能看到他的脸上始终洋溢着灿烂的笑容，好像病痛与他无关，也好像每天的生活都是鲜花盛开、阳光灿烂。在他的眼里，世界是那么的美好，生命中的每一段时光都是那么值得欣赏与珍惜。

看到这些，不觉又让我想到老家的二婶。二叔前几年因患病离世，二婶因患重病不能行走，全靠轮椅。病情严重时，无法自理，便专门雇请了一位保姆，负责她每天的生活起居。后来，经上海专家诊断并治疗，病情渐渐好转，可以坐在轮椅上烧饭、炒菜、洗衣，为减轻生活负担，二婶辞退了照顾她多年的保姆，自己开始独立生活。每到周末，我都要回家陪伴父母，当走过二婶家门口时，经常看到二婶坐在与她相依为命的轮椅上，脸上洋溢着微笑，不时与行人打着招呼，那眼里闪现出来的是对熟人的无比亲切，是对生活的无限热爱，于她，坐上轮椅，便开启了生命的另一段旅程，也找到了生命的第二个春天。因为这辆轮椅，让她重塑了对生活的信心，重燃了对生命的渴望，也让她感受到外面世界的无限精彩。

人生也许就是这样，有些东西，只有当失去的时候，才会觉得是多么可贵。亲情、友情、健康……无一例外。腿脚走不动时，才会觉得独立行走是多么可贵；双目失明时，才会觉得遇见光明是多么奢侈；失去最亲的亲人时，才会觉得终生相伴是那么不易；当哪一天即将离世时，才想再次拥抱一下这个精彩的世界。

原来，轮椅上也有春天。也许，有一天，我们也会坐在轮椅上，开启生命的另一段旅程，无法用脚丈量，只能用心感悟。不过只要我们始终热爱生活，仍可以始终亲吻春天桃李绽放的每一缕芬芳。

冷暖自知

中秋过后，天气一天比一天凉，枫叶透红，寒露晶莹，秋蝉匿迹。夏装已经不堪秋冷，温暖的针织衣物方能阻挡微寒。清晨，呼呼西风，猛然刮过，今年的寒意来得特别早，以至于让人觉得有点儿突然，我穿上西装，打开房门，准备上班，但又觉得下身有些凉意，便说要加穿薄棉。妻子听后马上嘀咕："你老妈都还穿着薄裤，亏你还是个男子汉。"于是，硬着头皮，鼓起勇气，骑上"小毛驴"，飞奔而去。

一路上，行人们已然换上秋装，因为天气实在太冷，加上天空下着小雨，一阵风儿吹来，夹杂着雨滴，不禁打战，方觉后悔，当初不该听妻所言，因为他人无感，冷暖自知。

竹外桃花三两枝，春江水暖鸭先知。江水是否寒冷，水中的鸭子最为清楚。天空有多辽阔，雄鹰最有发言权。人生在世，幸与不幸，乐与不乐，苦与不苦，痛与不痛，只有自己最能体察。

鲁迅笔下的孔乙己身穿长衫、穷困潦倒，在咸亨酒店站着或跪着喝酒，都会引人发笑，成为人间一道凄楚的忧伤。但或许从孔乙己自身看来，却是人生中的最佳片段，因为终于能够呈现自我生命中的美妙时光。

弘一法师半生潇洒半生僧,无论是前半生的风流洒脱,还是后半生的佛门清冷,在外人看来,都难以品读,更无从理解。断崖式的人生切换,一百八十度的急剧转弯,其中的因缘后果,只有天知地知,只有法师自己知道。

外界的推测,只是他人根据以往的经验与感知而做出的主观判断。自我的感受,是基于现实与体悟而做出的真正解读。无论何时,只有身临其境、身居其位,方能真正理解其中的痛苦与快乐、希望与绝望、渺小与伟大。

纵观当下社会,社会各个阶层,均有难言之隐,每个人都有自己的不同活法。德国哲学家黑格尔曾说过:"存在即合理。"面对现实,众说纷纭,适得其所,各执一词,心各有念,无论对错,也无可厚非。

世间百态,只因冷暖自知。山水万千,只因形态各异。天冷了,记得添衣加裤。天热了,记得降温防暑。下雨了,记得带把雨伞。心热了,记得冷静思索。心凉了,记得给自己温一壶陈年老酒,与自己相知、相爱的人在一起,举杯畅谈。

老屋门前的三棵树

在我家老屋的门前，有三棵树。一棵是桃树，一棵是苦楝树，一棵是香泡树，它们分别长在老屋门前的右侧、中间和左侧。每次打开木制的大门，伴随着吱呀声，映入眼帘的，便是这三棵树，所以至今回味起来，确实也难以忘记。

记得那时，老屋院里住着五户人家，一户是堂叔，一户是大婶，还有三户是我爸他们三兄弟。我爸在兄弟中排行老大，住在老屋左侧的上堂大间里。我的第二个叔叔住在老屋左侧的下堂大间里。因为爷爷早就离世，奶奶和未成家的叔叔，便挤在了老屋左侧中间的厅房里。

阳春三月，桃花盛开，儿时的我们，便感觉到春天已经到来，那粉红色的朵朵花瓣，在微风吹拂之下，慢慢地飘落，像是下了一场桃花雨，地面上铺满了粉红色的梦。只记得桃子成熟时，小孩们便用石头往桃树上扔，偶尔有几枚桃子，从树上被敲落下来，于是，大家便一番争抢，甚至有时为了一枚桃子，把对方压倒在地上，气喘吁吁，乱成一团，抢到的便将桃子匆忙塞到了裤腰里，没有抢到的只能是口水直流，呆呆地站在原地。桃树的主人，是我的堂叔。堂叔当时在城里教书，堂婶待在乡下。每当我们这群小顽皮在偷吃桃子时,便会听见尖锐的叫骂声,那是堂婶独有的声调,不过由于我们跑得飞快,便也不担心被逮住送到父母面前挨批挨揍了。

暮春时节,苦楝花与香泡花争相竞放,我们便整天都沉醉在弥漫的香气里。苦楝花香味清淡,香泡花香味醇远,苦楝花紫色细小,香泡花白色中大,轻风荡漾之后,便可以看见它们纷纷从树上飘落下来,撒满一地,一片是紫海,一片是白纱,踩在上面软绵绵的,人仿佛也轻飘了许多,也许有了花的承载,便觉得心旷神怡,变得飘飘欲仙了。

到了夏天,苦楝树便结出了青色的果子。那果子,我们当地人称苦楝枣,椭圆形的,一串一串。那时的我们,常用竹竿把它们敲打下来,装在自制的竹弩上,左手拿着竹弩,右手拉伸橡皮筋,然后将右手一放,那颗镶嵌在竹针前端的苦楝枣,便会随着惯性飞得很远,一直飞到我们那道快乐的心坎里。

随着气温上升,香泡树也不甘寂寞,渐渐长出一个个青色的果子,圆圆的,但不成串,都是单独挂在枝头。由于它们隐藏得好,远远看去,很难分辨出哪儿是叶子,哪儿是果子,总之,一树浓墨,掩映如画。

到了秋天,苦楝枣渐渐变黄,一串串垂挂在枝头。年幼的我们觉得既然是枣,便可以食用,于是摘了几颗,放进嘴里,顿时,一股苦涩之味填满口腔,便又作呕吐状,吐得满地都是。后来,听父亲说,苦楝枣又叫苦怜枣,顾名思义,味道是苦的、涩的,不然又怎么会如此命名呢?

立冬过后,香泡果皮渐渐变黄,那黄色,显得通彻透亮,像黄金,也像一个个金黄的灯笼,挂满枝头。香泡果不耐霜打,因为霜打之后,便不易储藏。于是,老屋里所有的人们,选择在一个天晴的大好日子,有的用竹竿,有的用凳子,有的用梯子,有的挎着竹篮，有的拎着蛇皮袋，有的抬着竹筐，把树上所有的果子全都摘了下来。因为是大家共有，所以将所有摘下的果子分成三份，一份是堂叔的，一份是大婶的，还有一份是奶奶的。奶奶有三个儿子，于是又将那一份分成三份。为了公平起见，每次分配的时候，都采用抓阄的形式，所以听天由命，毫无怨言。分好之后，大家便忙着把自己的那一份用竹筐装起，抬进房间，然后小心翼翼地放在床底，待过年时，拿出来祈福、分享，若存放得好的，一直可以分享到来年的春末。

如今，时过境迁，这三棵树有了不一样的结局。桃树，因为堂叔的儿子建房给挖掉了。香泡树，因为病虫害死掉了。唯有那棵苦楝树至今还挺立在那里，承载着我们童年美好的记忆。

第一部分 往事如风

窗外的小竹

坐在办公室里,往窗外一看,便可以看到摇曳自在的一丛小竹,不管是西风,还是东风,抑或是南风与北风,都一如既往地闻风起舞,随势而动,丝毫没有倦怠,丝毫没有屈服,其顽强的生命力与始终屹立不倒的精神着实令人惊叹。

适者生存,不适者淘汰。大自然的生命体,均有自己独特的生存法则,简单一点儿说,就是要学会不断适应,要学会随遇而安。北雁南飞,蛇蛙冬眠,春花盛开,秋叶飘零……都是生物为适应外部环境所展现的生命活动。

窗外的小竹也不例外。到了春天,埋在地底的竹鞭便会长出一棵棵笋来。那尖尖的毛笋,像刚落地的娃娃,长势逼人,经过半个多月的努力,便可以长到跟它的母体相同的高度。盛夏来临,小竹长得更加青翠,那葱郁的样子,仿佛一团翠绿洒落在黄土地上,让人感到清新凉快。到了秋天,由于竹子四季常绿,只有少数的几片黄竹叶,在秋风吹拂之下,迈着轻盈的脚步,悠然飘落。到了冬天,遇到下雪,片片雪花落在竹枝竹叶之间,好像是小伙头上顶着一团团雪白的棉花,"岁寒三友"的风姿煞是好看。

我对竹子的情怀,最早来自东坡先生的"宁可食无肉,不可居无竹",如今,窗外有竹,自显高雅。特别是那窗外的一丛小竹,一年四季,自如摇曳,让我通悟生命的价值与力量:面对狂风暴雨,能够百折不挠;面对尘世喧嚣,能够甘守寂寞;面对两堵红墙,能够不加依附;面对指指点点,能够虚怀若谷。人生何尝不是这样,需要独立,需要自强,需要虚心,更需要智慧。只有大彻大悟之后,我们才会活得更加悠然自得,也才会活得更加通透精彩。

一抹斜阳,像一道金色的瀑布,倾泻而下。窗外的那一丛小竹,嵌上了金边,显得更加楚楚动人。此时,不由想起南朝诗人刘孝先的《咏竹》:"竹生荒野外,梢云耸百寻。无人赏高节,徒自抱贞心。耻染湘妃泪,羞入上宫琴。谁能制长笛,当为吐龙吟。"诗人笔下之竹,奋发向上,洁贞大雅,但又无人欣赏,不为重用。诗人借竹咏怀,有寂寞,有伤感,有情怀,但也找到了寄托与慰藉。

不知何时,才能拥有自己的后花园,如果真有那一天,我定会种上一片小竹,用来填补内心的孤寂与苍白。

门前的石榴树

　　老家的门口,总觉得应该种点儿花草树木,可种点什么好呢?一番冥思苦想后,觉得种两棵石榴树岂不是蛮好?既可以观赏美景,又可以品尝美味。于是,我兴致大发,到集市上买回了两棵石榴树,经过两年多的栽培,石榴树渐渐长大,并且开出了艳丽的花朵。可是,春去秋来,只见花开花落,却始终不见结果。后来,一位搞园林的朋友到寒舍做客,告诉我这是花石榴,不是果石榴,它只会开花,但不会结果,更不用等什么果实来品尝美味了。

　　我大失所望,于是,到了第二年的春天,再次来到苗木市场,反复确定品种,采购了两棵果石榴,把原来的两棵花石榴移植到了老屋后面的园子里,又经过两年多的精心照料,果石榴在万般期待中,终于开了花,花朵却没有先前两棵那么鲜艳,但却在花蒂掉落之后,长出了圆圆的石榴果,像刚出生的婴儿,青涩之中泛着微红,着实惹人喜爱。到了秋天,果子成熟了,黄中带红,像一个个红灯笼似的,挂在门前,多了一份生机与喜气。

　　不知不觉,又到了夏天,我在老屋的后园里种菜浇水,偶然抬眼,看到了种在这里的两棵花石榴,长得郁郁葱葱,那一朵朵花朵,像一个个虞美人,娇艳欲滴,别有一番风味。我觉得当初买时的价值终于得到了体现：它们虽然没有果实，但确实可以点缀风景，愉悦心情。其实，无论是花石榴，还是果石榴，它们都有自己的存在价值，有的只是为了观赏，有的只是为了收获品尝，只不过是不同价值的不同体现罢了。

　　天生其人必有才，天生其才必有用。每个人都有自己不同的兴趣、爱好与特长，也有自己不同的存在方式与价值体现。有些人活在世上，让人围观盛叹；有些人活在世上，让人肃然起敬，赢得尊重仰慕。

　　众里寻他千百度，那人却在灯火阑珊处。蓦然回首，风情万种。人生确实也是这样，过分地追求某一种目标或价值，或许会令你大失所望，但有时不经意间的发现，可能会让你从失望中找到本来不属于自己的那份意外与惊喜。

拥炉而坐

南方农村的冬天，别有一番风味，因为到了这个季节，大多数农家都空闲了下来，除了偶尔去种些菜，大部分时间都喜欢三五成群，聚在一起，或在室外晒晒太阳，或在室内拥着炉火，一边喝茶，一边嗑着瓜子，天南地北地聊天。其间，让我记忆最深是他们拥炉而坐的场景，这样的场景让我看到了炉火的温暖，看到了岁月的感伤，更看到了生命里那一线淡淡的守望。

大多情况下，拥炉而坐的是上了年纪的长辈，他们一起回忆童年时的天真烂漫，一起谈论年轻时的青葱岁月，一起回味中年时的成功，一起感叹年老时的无能为力。有时，脸上洋溢着灿烂的笑容；有时，额头镌刻着深深的皱纹；有时，眼睛闪烁着晶莹的泪花；有时，拍着双手，为他人喝彩叫好；有时，敲着桌子，为他人抱打不平；有时，跺着双脚，为他人费心耗神。谈论之间，挥洒当中，有阅历的炫耀，有经验的分享，有爱情的回味，有失意的忧伤，有失落的颓唐，也有失败的迷茫。当然，最可贵的是看到了他们因热爱生活，脸上所辉映出的那缕灿烂的曙光。

时光在茶水里荡漾，谈笑之间，中间的那一盆炉火，渐渐没有了原来的模样。不时，有人站起身来，将炉中炭火上下翻动；

不时，有人站起身来，在炉盆中加入新的木炭。不多久，炉盆里又焕发了青春燃烧的力量。

偶尔，有几个小孩也挤进来，哭着，闹着，借着炉火，要大人们给点儿零钱，买颗糖果，大人们给他们扰得不耐烦的时候，只得慢慢站起身来，到隔壁小店买点儿东西，让孩子们解解嘴馋，以满足孩子那份小小的需求与愿望。

偶尔，也有几个年轻人会加入进来，围着炉火，倾听前辈风雨岁月里的动人故事，揣摩前辈生命长河里的所盼所想，回首自己匆匆行走略显蹒跚的模样，遥想未来迎接挑战的曲折与彷徨。

炉光，给了我们生命中不可或缺的能量。有了炉光，心中便有了太阳；有了炉光，怀里便有了梦想；有了炉光，人与人之间就变得真情荡漾。

拥炉而坐，是镜头难以磨灭的定格，是念头上下翻腾的托寄，更是心头挥之不去的隽永。那一盆炉火，蕴含着的不仅仅是温暖，还有感伤与恬淡，是互相安慰，也是抱团取暖。它既是生命的休憩，也是生活的延续，眼里虽有惆怅，心里却焕发着耀眼的光芒。

阁楼的那一扇门

二十世纪九十年代，全家用多年积攒的钱，再向亲戚借了一些，终于在老家购置了一块宅基地，又花了整整三年时间，盖了一座砖混结构的三层小楼，房屋位置尚好，坐北朝南，临街而居，看起来漂亮气派。

一晃，三十来年过去了，原来的木头门窗已经油漆斑驳，安装在上面的玻璃，经过风吹雨打，已经破落过半。线路老化，开关失灵，水管内锈，墙壁粉灰时常脱落，有的地方已经变黑，总之，让人觉得破败不堪。

中国人最讲究的莫过于面子，我也不例外。于是，决定对其进行全面整修，水电、厨卫、墙壁、地面、天花板、门窗全部重新推倒重来，只剩一个主体框架没有拆掉。

当装修工程过半时，我提出把阁楼上面的旧木门也换掉，可妻子说，那扇门相当于在最顶层，没人会顾及，又不影响门面，根本没有必要换掉。妻子言之有理，可以省下来几百元钱，我便决定将其保留了下来。

饭后午休，我静静地躺在床上，仔细想想，屋子的正大门、常住房间的木门，为什么必须要拆换？是因为它们装在了显眼的位置，如果太旧会引来阵阵唏嘘。可如果它们不那么入眼，却可以摆脱被淘汰的命运。如此看来，老祖宗留下来的"树大招风，花艳引蝶""人怕出名，猪怕壮"之言，还是颇有一定道理的，有时，低调、清冷也并非是一件坏事。

现实生活中，有人喜欢抛头露面，鹤立鸡群；有人喜欢含而不露，沉默寡言。无论哪种选择，无论对错，只是不同人的志趣与追求不同而已，或者只是不同人存在的方式与价值不同罢了。

回观自然，参天大树可以成为栋梁之材，萋萋芳草可以装点原野荒坡。对照社会，冲锋在前可以成为英雄人物，甘守寂寞可以使人独善其身。现在想来，无论草木，还是人类，敢为人先或许可以名留史册，明哲保身或许可以全身而退，以至其最后的归宿，不在于自己如何选择，而在于别人如何对其价值进行判断与取舍。

回望老家阁楼的那扇门，虽已破旧，却依然存在，不正是因为它隐于静处，不入法眼，自然也就不会引来太多的关注、欣赏，甚或遭遇抛弃。

紫苏行

我家地处浙西，当地人对紫苏独具钟情。煮鱼时，放点紫苏，便会美味异常；烧土豆片时，放点紫苏，便会口感极佳；做蛋炒饭时，加点紫苏，便会香气扑鼻。总之，很多菜品添加了紫苏，便会让人胃口大开，唾液酶分泌增加，于是，紫苏便成为农家地头常种的一种植物，紫苏也从老家小厨房渐渐进入城市大酒店。

遥忆词人薛琼《鹧鸪天》："五月家园花未疏，葵榴烂漫闲菖蒲。齿拈酸味尝青杏，甲染清香摘紫苏。耽午梦，懒照梳。挨延长日饭工夫。嗔予无过痴儿女，争系新与续命符。"可见，紫苏在唐代已经走进千家万户，成为一道美味，引得众人争相采摘。

由于常住城里，只能到菜市场买菜时，带点儿紫苏回来，用作做饭时的香料。菜贩们摊头的紫苏有两种：一种是从植株上折下一段出售，每段大概可以煮两到三个菜品；一种是洗净根部泥土整株出售，一般是一元钱一株，每株大概有五六小株。我喜欢购买前者，因为不用麻烦，拿回家，摘下叶片，用自来水一冲，便可作调味香料。而我妻子却喜欢购买后者，因为后者拿回家摘了叶片后，可以种在花盆里，经过细心照料，不久，便可以重现生机，长得枝繁叶茂，如遇平常烧菜需要，便可以摘下几片叶子，洗净放入锅中，不久，厨房里便会弥漫起阵阵清香。

后来，仔细一想，我这种购买方式，贪图的是便利，注重的是当下，只求快捷，不求后续。妻子追求的是持久，讲究的是持续发展，不但可以享受美味，还可以体会劳动与生活的无限快乐。

记得小时候，母亲做馒头时，每次都要留一块面团作为酵头，以便下次制作时保证有发酵的材料。也记得每年父亲在种植白菜、萝卜、丝瓜、南瓜等蔬菜时，都要留下一些种子，以便来年继续播种。

纵观现实，在我们经济建设与社会发展中，时常会出现"只图当下、不求长远"的做法。有时，为了追求所谓的利润不断增长，断了根本，牺牲了环境，失去了健康，付出了惨重代价。我们的生活与生产，应该有"持续发展、循环利用"的理念与思维，需要留住根本，滋以营养，促其重生，赢得不断成长与分享。

三味书房

秋雨清冷，落叶飘零，遥望远山，烟云迷茫，俯瞰草黄，顿生凄寒。简居草屋，衣食已安，若有所缺，方觉惆怅。

又是一个节假日，因为无事，便觉无聊，于是，步入书房，挑了一本毕淑敏的心灵笔记《握紧你的右手》，便觉人生必须善于把握自己的命运，才能得到上天更好的眷顾。文学作品，最大的功效，就是让读者内心从柔弱变得坚强，从黑暗步入光明，从颓废走向振作，从现实跨进理想，从阴冷看到温暖，从渺小洞见伟大，从绝望看到希望……仅有物质的享受，那绝对是低级的，仅有物质的拥有，那也绝对谈不上真正的富有。常言道腹有诗书气自华，人生需要文学的浸润与滋养，让文学陪伴人生，旅途便不会觉得孤单，身心便不再觉得疲惫，因为文学就像冬日里的一抹暖阳，始终给人以无尽的温暖与前行的力量。

酣读之际，仿佛又缺点儿什么。我爱好音乐，于是，便点播了一首钢琴曲《秋日的私语》，那熟悉、空旷、悠远的旋律顿时响起，法国钢琴王子理查得·克莱德曼又让我感受到了秋天的脉搏与气息。在欣赏文学的时候，播放一段音乐，最好是悠闲一点儿的乡村音乐，没有醉人的歌词，没有疯狂的节奏，只有优雅的曲调，无论是钢琴、小提琴,还是二胡,抑或是萨克斯,那都是绝顶美妙的天籁之音。音乐将牵着你的手,带你走进一个又一个神奇而曼妙的世界。怪不得有人说,音乐是让一切黑暗、恐惧、伤痛、无助得到最好救赎的一剂良方。

平时,在办公室,喝的是清茶,那淡淡的幽香,沁人心扉。偶尔约上朋友,到茶室聊叙,也大多点的是红茶或花茶,据说更能养颜或养胃。如今,步入书房,便觉得应该改变一下风格,应该让生活变得更加丰富、浓烈一些,于是,便冲上一杯咖啡,加入糖与牛奶,那其中的甜味、苦味、酸味定会让你回味无穷。此时,回观生活,你才知道人生原来就像一杯咖啡,有酸楚,有香甜,有苦涩,有笑,有哭,有是,有非,有取,有舍,有成,有败……至于什么味道,众说纷纭,不一而足。

听着音乐,品着咖啡,闻着墨香。书房虽小,但"三味"俱全。在这里,可以放下疲惫与琐碎,可以远离名利与追求,可以抛下那根压垮自己的生命稻草,救赎自己的灵魂,也救赎这个让人沉醉不醒的花花世界。

忘记岁月,青春不老

1月15日,是外婆的九十大寿,为了办好这场寿宴,舅舅、舅母早早就通知晚辈到场祝贺。当日,天气晴好,大家先后到达舅舅家,给外婆送上了深深的祝福。外婆从来没有这样开心过,戴着一条粉红色的围巾,好像一朵披着晚霞走向沙滩的红玫瑰。"晚辈来了几个?""谁没有到场?"外婆数了又数,对于未到现场的几个晚辈,她不停地念叨,对于来到现场的晚辈,又不停地忙着打招呼。

饭菜熟了,大家陆续入席,酒过三巡,众晚辈嬉笑成群,热闹非凡,其间小姨因喝高了满脸通红,说着搞笑的话,那气氛,绝不亚于奥运会开幕式。外婆则坐在正堂中央,红光满面,兴奋异常。

酒足饭饱之后,大家便各自忙去,有的在追逐,有的在打牌,有的在吹牛聊天,有的在午睡……外婆可能年事已高,不一会儿便坐在靠背椅上睡着了。其间,小心的舅母担心外婆着凉,便轻声叮嘱,突然发现外婆怎么没有一点儿反应,于是大呼不妙,众人联手帮忙,还好晚辈中有三位是专业医生,经过诊脉、服用速效救心丸、打吊瓶之后,外婆渐渐恢复了意识。对于她来说,好像是梦游一场，而对于晚辈们来说，那可是提心吊胆。

为什么外婆会出现这种情况呢？大家都在分析，有的说可能酒喝得太多，有的说可能是肉吃得太多，有的说可能是饭吃得太饱，有的说可能是过于疲劳，有的说可能是过于兴奋……

此时的我，当即陷入沉思。每个人都有自己的年龄，仿佛每棵树有年轮一样。不同的是，随着年龄的增长，我们会从幼童变成满头银发，油光的皮肤也会被岁月侵蚀得粗糙干裂。经常牢记自己的年龄，便会感叹时光飞逝，日渐衰老，只有忘记岁月，在流光中自然行走，在山水间悠然忘我，把岁月的印记统统抛在脑后，把每天都当成自己的生日，把每天都过得平淡无奇，不搞仪式，不图热闹，不在意别人的评价，不在意别人的牵挂，不在意别人的祝福，闲庭信步，坐拥云起，看惯人间花开花谢，笑谈江海潮起潮落，每天给自己一束鲜花，每天给自己一米阳光，每天给自己一丝淡淡的微笑。也许只有这样，才会地久天长，才会青春不老。

以文会友

第二部分

胸中有些墨气自华,不负如来不负卿。挤出一点儿时间,找到一丝灵感,拿出些许创意,沏上一杯清茶,放眼远山,俯观近水,挥笔自如,尽抒真情。以文会友,用文化去传递人间真情,用文化去展示生命的力量,用文化去绘就大千世界的五彩斑斓。

亦师亦友亦兄弟

前不久,到三十几年前曾教过的一位学生家闲聊。两盏清茶,一碟樱桃,三枚香梨,多年的交情,彼此的心心相印,让我们无话不谈。谈吐之间,论及两者关系,因为我曾教书育人,那肯定是师生;因为情深意长,那肯定是朋友;因为平视对座,互相理解,彼此包容,那肯定是兄弟。最后,双方达成共识,那便是亦师亦友亦兄弟。

记得那时我刚参加工作,是个稚气未脱、未满十八周岁的小年轻,当时农村很少有师范生被分配下来,大多数老师要么是临聘,要么是代课,于是,像我们这些师范生便成了学校所谓的香饽饽与顶梁柱。

参加工作的第一年学校安排我担任班主任,这位学生正好在我的班里。他个头不高,有点儿偏瘦,胆子偏小,但机灵可爱。按照学生们的身高,我把他安排坐在中间一排的第二个位置。

那时的我,虽然年轻,但凭着努力、勤奋与专注,加之能够与学生们打成一片,所教授课的成绩一直名列前茅。这位学生因为虚心好学,成绩位居班级前五名。我当时想,通过师生三年的共同努力,争取让他考上一个好的学校。后来,由于他的叔叔在邻乡初中教书,想让他转学过去。说句实在话,当时,我真有点儿舍不得,因为在我的心目中,所有的学生都是自己的孩子,日久生情,真的有点儿难舍难分。在他父亲的坚持下,他最终去了叔叔所在的那所学校,不知是水土不服,还是到了那边有了所谓的优越感,这位同学对学习渐渐失去了兴趣,整天想着与同学出去玩,成绩自然也就落了下来。

到了初二结束,他的爸爸看到儿子成绩下滑,又下定决心让他重新转回到我的班里来。可惜的是,由于他学科知识有太多的空白与盲区,最终还是没有如愿以偿考上一所好学校。正是命运的捉弄,这位同学中专毕业后走上了社会,进入企业打工。上天不负有心人,他情商高、脑袋又聪明,再加上全身心地投入,使得一路风雨一路高歌,最终成为当地一家上市公司的董事长。

记得那是2003年教师节来临之际,听说有一位与他名字只差一字的校友,给学校送来赞助。我十分好奇,问了同事,得知赞助者便是这位学生。原来,他一直惦记、关注并支持着教育,直到今天,当地教师公寓里的家居用品,每年全市教师表彰大会的奖助学金,都有他一份心意与贡献。由于工作调动,工作岗位几经辗转,他闻知我担任校长后,主动问我需要什么帮助与支持,后来,我所在乡镇中小学每年的中秋节教职工发放的中秋月饼,便成了他预定的捐赠。待我倍加感激之时,他却说:"老师,你走到哪里,我就支持到哪里。"这句话,始终萦绕在我耳边,让我难忘,让我感动,也让我沉醉。

2021年,注定是多事之秋,疫情多点并发,许多企业和员工开始面临生存困难,我的妻子也失去了工作。记得在一个周六的上午,我们夫妻二人去探访这位同学,他闻之此事后,当即对我的妻子说:"师母,你不用去上班,只要在家里把老师照顾好就可以了。至于你的生计,我可以给你提供一些平台和机会,应该没有多大问题。"他后来真的说到也做到了。

至今，我都在想，选择了教师这个职业，注定了一生清贫，但作为一名教师，只要走进学生的心灵深处，在他们成长过程中提供充足的阳光与雨露，便可以拥有人世间最伟大的财富——一批批优秀的学生，以及他们对你一生的留恋与眷顾。

学高为师，情重成友，相融为兄弟。亦师亦友亦兄弟，也许是人生中交往的最高境界，因为其间没有高低之分，没有隔阂之膜，没有刻意之作，没有拘谨之态，彼此间才会息息相通与心心相印。

一叶轻舟　志在远航

一次偶然的机会，经朋友介绍认识了叶总，茶余饭后，甚觉其为人质朴、做事精练，于是，便想着送一点儿什么以作留念。经过几番思考，决定请老同学挥洒墨宝，手书一幅"一叶轻舟　志在远航"，予以赠送。只记得叶总看到这一行字，眼前顿时一亮，随即说了一句："怎么能这么巧妙而自然地将本人姓名、创业理念、未来发展融为一体啊！而且还对企业与未来融入了深深期盼与殷殷祝福。"便将其装裱之后，挂在办公室位置正对面的墙上，每有宾客来访称赞便道出其中之深意，来者听后都觉得该表述顺其自然又深含其义，纷纷给予好评。

通过不断深入交往，我们的友谊不断增进。同时，我也略知其创业的艰辛与不易，渐渐感受到其背后的酸甜苦辣。叶总不事张扬，主张轻装上阵，犹如一叶轻舟，在商海里乘风破浪，顺流时不骄不躁，逆境时执着前行，特别是近年来，企业不断走上规范化、持续化发展道路，已经向上市之路迈出了关键一步，相信功夫不负有心人，不远的将来他定将成功。

叶总公司所从事的是无缝钢管加工行业。该行业竞争激烈，

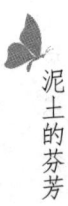

材料备存需要大量资金，利润微薄，不精打细算，不放眼长远，可谓如履薄冰，稍有不慎，便会举步维艰乃至陷入泥潭。如今，公司通过技术改造，优化内部管理，强化成本核算，打通发展瓶颈，实现步步壮大，过程实属不易。

一个企业从无到有，白手起家，从荒土一片，到厂房林立，那需要多少个日日夜夜的打拼与坚守，又需要多少滴汗水与泪水的辛勤浇灌。正如《真心英雄》里所唱的："不经历风雨，怎么见彩虹，没有人能随随便便成功。要用歌声让你忘了所有的痛，灿烂星空谁是真的英雄，平凡的人们给我最多感动。再没有恨也没有了痛，但愿人间处处都有爱的影踪。用我们的歌换你真心笑容，祝福你的人生从此与众不同。把握生命里的每一分钟，全力以赴我们心中的梦。"

为了让事业得到更好传承，叶总非常注重对儿子小叶的培养，逐渐放手让小叶参与内部管理，公司大部分事务均放手让小叶去执行，自己只是掌控大方向、大决策。年轻人得到了重用，自然充满热情。每次到叶总办公室，叶总总是客气地向小叶介绍我这位微不起眼的老师，其实，这背后，充分体现了叶总对后辈的谆谆教诲与殷切期望，所谓长江后浪推前浪，才能川流不息，才能后继有人，才能实现长远持续发展。

一个成功的企业家，除了把企业办得红红火火，生活也安排得丰富多彩。叶总不喜欢喝酒，但喜欢唱歌。工作之余，常会约上几位好友，一展歌喉。我未曾现场听过叶总高歌一曲，但却从朋友圈里有幸倾听了叶总那美妙动听的歌声。听后，我与叶总开玩笑说，你是业余中的专业歌手，无论节奏、音色，还是旋律，都是那么专注投入，都是那样有板有眼，简直是草根歌手中的无名高手。有音乐的滋润，让叶总始终面带微笑，眉宇之间神采飞扬,总是给人以乐观向上的无穷力量。几次交谈,既让我感受到其创业的雄心壮志,也让我领略到作为民营企业家那种奋斗的精神和执着的情怀。

一叶轻舟,志在远航。只要真心做事,真情待人,真抓实干,大力水手,定能到达成功的彼岸。

心怀花海香自来

人生最大的动力就是愿景，或者说对未来充满期待，因为有了愿景，便有了方向，有了方向，也就有了前行的力量。有的人，想升官发财、出人头地；有的人，想才华横溢、傲立群雄；有的人，想默默坚守、静待花开。

除夕将至，我带着一颗好奇的心，前去拜访认识不久的一群创业者。他们来自福建闽东地区的长乐，那里靠近海边，大家靠渔业或海上贸易过日子，应该也算是沿海发达地区，但这群人却远离家乡、身处异地，选择在世界非物质文化遗产地——江郎山底下默默耕耘。

大约二十分钟的车程，我来到了他们的办公地，只见林总刚满一岁的两个孙子正在接待室玩乐，他的岳父与岳母各看护着一个，不时传出悦耳的笑声，也许，这就是天伦之乐。两位长辈看到我来做客，便马上用电话联系了林总。不一会儿，一个熟悉的身影，映入了我的眼帘，那是一位光着头、皮肤略微偏黑、个头不高，但看起来很精干的创业者，一见了我，便热情招呼入座，烧水沏茶。福建的大红袍就是香，加之林总精通茶道，那红茶清澈透明，端到面前，便觉气清神爽。

随后，林总的小舅子王总又带着我到他们开发的景区走了一遍，这里有孔雀、黑天鹅、白天鹅、鹦鹉、羊驼、鸵鸟、松鼠，还有很多不知名的小动物，在他们的精心喂养下，看起来活泼可爱。萌宠园、天鹅池、孔雀东南飞、烟雨长廊、小桥流水、月牙广场、竹林茶座、听风小道……一个个充满诗情画意的景点，随地而生，应势而起，充满心田。

当时，我真的有点儿想不通，大过年的，这么拖儿带女，在这块大荒地上播撒时光，究竟为的是什么？可看到眼前之景，我这才恍然大悟，原来，坚守与付出，可以换来一道道美丽的风景。

记得第一次来的时候，这里还是一片荒山，杂草丛生，沟壑纵横，没有一点儿生机与活力，而这群创业人，面带微笑，眼睛里流露着闪烁的光芒，在他们眼里，这里是一块风水宝地，未来将会游客云集，也将是他们生命的栖息之地。

人可能就是这样，一旦认准了，就决定一干到底。这群创业者，既是投资者，也是劳动者，更是奋斗者。后来，我又数次到这里走访，一次一个样，每次都有不同的变化，只见他们个个穿着工作服，有的还赤着脚，或在田间播种，或在山头挖掘，或骑着摩托车在山野飞驰。一条条水泥路，一座座小木屋，一汪汪清池，一片片花草，先后呈现在我的眼前。美景是由劳动者创造出来的，这句话在这里得到了最好的诠释。

看到这一幕又一幕，我不禁想起鲁迅先生曾经说过："世界上本没有路，走的人多了，也便成了路。"开荒辟野，拓疆扩土，需要的是眼光，需要的是勇气，需要的是定力，但更需要的是心有愿景。正因为这群创业者心有愿景，所以才孜孜不倦，所以才废寝忘食，所以才如此坚守。生命也许就是这样，每当看到远方有着美丽风景的时候，便会手牵手、肩并肩，顶着烈日，冒着寒风，不断地执着前行。

遥想初见之时，为了加深与这群创业者的印象，我曾撰写了两句诗文，分别送给林总和王总，也许"千峰成林，万景若文""王羽栖枫林，惠风生宝地"，正是他们播洒汗水与智慧、收获春秋与冬夏的真实写照。

　　此时，我不觉想起诺贝尔奖得主屠呦呦的获奖感言："不要去追一匹马，用追马的时间种草，待到春暖花开时，就会有一群骏马任你挑选；不要去刻意巴结一个人，用暂时没有朋友的时间，去提升自己的能力，待到时机成熟时，就会有一批朋友与你同行。"用人情维系出来的朋友只是暂时的，用人格吸引来的朋友才是长久的。所以，丰富自己比取悦他人更有力量。

　　种下梧桐树，引得凤凰来。你若盛开，蝴蝶自来！你若精彩，天自安排！心怀花海香自来。只要心里充满愿景，脚下笃实远行，生命的沿途，便会处处看到美丽的风景。

水陆草木　伴君皆荣

十多年前，经朋友介绍，偶然认识了一位年轻小伙，当时，他家小洋房前需要美化，而我又略懂一点儿园林常识，于是应邀前往，为他家庭院设计了假山、水池、小木亭、景观灯，配上一株罗汉松，还有马尼拉草、杜鹃花，以及几十株大红月季。

经过一段时间的交往，我觉得小伙子虽然年纪轻轻，但为人纯朴、乐施善举。记得当时正好有老师退休，我在想，作为老师，辛辛苦苦教了一辈子书，在离开岗位之前，作为校长的我，应该送点什么东西给他们呢？经过一番思索，便想到要为他们举办一个欢送仪式，并送上"四个一"：送给他们一首诗，自己动笔创作，将其名字与个性融入其中，然后插入他们最有代表性的个人生活或工作照，配上优雅的音乐，制成PPT，在欢送会上进行播放；送给他们一束鲜花，由他们所任教的班级学生进行赠送；送给他们一声祝福，由学生进行现场朗诵；送给他们一份价值五百元的纪念品，由企业赞助，并贴上"桃李天下　四季如春"八个字，好让他们日后见物思昔，留恋三尺讲台。

在纪念品赞助的落实问题上，我不由得想到了这位小伙子，一个电话，对方便一口答应给予赞助。他说，花点儿小钱，办点儿有意义的事，就是人生最大的幸福与快乐。后来，他又将纪念品赠送范围扩大到调离本校的所有职工，而我呢，又在调离本校教师的纪念品上贴上了"桃李天下　四海为家"八个字，也好让他们到了不同岗位之后，心态坦然，情留四方。

在与小伙子交往的过程中，得知他的一位邻居生病，无钱医治，邻居向他借钱，他亦慷慨解囊，并说："一方有难，八方相助。做人既要善于锦上添花，更要乐于雪中送炭。"前两年，他所在村的河道上要修筑一座桥梁，村里向乡贤们发出捐助倡议，后来听他所在村的村支书说，也是一个电话，他便欣然应允。

我没有什么经济上的累积，但还好会写点儿文字，于是，我便对小伙子说，我送你一行文字：水陆草木　伴君皆荣。旨在说明，只要与他一起相处的芸芸众生，都会发展顺利、欣欣向荣。记得他当时提出当中的"君"字，是不是有点儿太轻狂，基调是不是太高。原来，他认为"君"字代表的是"帝王"，普通人怎么可以承受如此之重呢？后来，经我解释，"君"除了帝王之寓意，还可以指品行高尚之人，于是，他欣然同意，方予接受。

为什么要送给他这一行文字呢？除了他的名字嵌入其中外，还有一个最重要的因素，那就是他心怀坦诚、善良仁慈，与他一起相处，无论是轻歌曼舞，还是清水淡茶，都可以遇事不乱、处事不惊。不管对方地位高耸或卑微，不论对方贫穷或富有，也不论对方强势或弱势，他都可以共生共长，当然也就可以欣欣向荣。

水陆草木，伴君皆荣。正是因为细雨的滋润和阳光的和煦，所以才能看到万木丰华、山河秀丽。也正因为他善待他人、重视实干，所以才能将事业弄得风生水起、春色满园。

三木同根　览胜博远

　　刚开始认识郑总，是在偶然一次餐桌上的相遇。谈笑之间，朋友介绍说这是览博木业的老板。别看他个头不高，但却容光焕发，特别是眼睛里始终闪烁着对朋友的真诚和对文化的敬仰。也许是郑总初中毕业就开始创业，错失了学习的机会，也许是企业里谈论更多的是生产与经营，不大会探讨公司文化内涵，经相互介绍之后，郑总对我这位所谓的知识分子情有独钟，在聚餐结束时，还专门加了微信，并发送了公司位置，特意邀请我到他公司做客，希望能将他的名字与公司名称结合起来，也整出一个文化标签或品牌来。

　　接了"任务"之后，斟酌了好几天，终于想出"三木同根　览胜博远"的字样来，旨在告知公司所从事的行业与木头、木工、木业相关，"三木"之间紧密相连。木头是原材料，木工是加工的流程与工艺，木业是一大行业，更是一种经营范围。在这个行业里，要制造与营销好板材产品，木质是基础，加工是关键，营销是策略与重点。只有坚守"三木"，才能看到美好的前程与未来，才能赢得持续长远发展。

　　"三木"也可以理解为公司的基层、中层、高层三个不同级别的员工,"同根"表示大家都紧紧围绕公司目标,努力前行,通过凝心聚力,公司的前景将更加绚丽灿烂,公司也将更加能够取得长足发展。

心中有了文本之后,我便在一个下午约好与郑总会面,到了公司,只见两幢大楼矗立眼前,"览博木业"四字高挂在其间一幢大楼上。仔细观察后,我走进一幢办公大楼来到大厅,当电话联系郑总时,郑总告知在临时办公区,于是,按照他的指示路径找到了他的办公室。这间办公室极其简陋,设置在车间后头临时搭建的板房二楼,中间摆放着一张办公桌和一组沙发,郑总向我解释说,刚才看见的两幢办公楼已经出租,这里是临时办公地点,所有的管理人员都在临时搭建的这座小二层里。于是,我跟郑总开玩笑说:"深入一线,靠前指挥,才能打好仗、打胜仗。"随后,又来了几拨外来办事人员,郑总干脆利落地将一件件事情处理完毕,才静静坐下,开始与我进行交流。

言谈之中,得知他十七岁便开始走上社会,学做木工,一年之后,随其父摆摊经商,销售一些桂圆、荔枝、海带等干货杂品,后来,发现摆烟摊可以赚到更多的钱,于是,投资了三千元做起了烟草生意。功夫不负有心人,通过一年努力,口袋里的三千元变成了六千元,后来又变成了一万两千元……到了1995年,已经积累资产五十多万元。要知道,在当时这可是个天文数字,因为那时,我每月工资才四百来元。郑总有了原始第一桶金的积累,便有了底气,2004年,他花了两百万元,购置了一块土地,开始建厂房,准备扩大木业生产。当时,几位同行对郑总此举颇为不解,一则当时郑总口袋里总共也只有两百万元,二则投资这么多资金能否产生效益,都是未知数。但郑总凭借对市场敏锐的触觉和睿智的眼光,迈出了普通人不敢迈出的一步,为后来事业的发展打下了坚实基础。

当谈及成功之道时,郑总一直强调"待人真诚"与"坚守主业"两点至关重要。只有待人真诚,才能广交朋友,才能赢得客户信赖,才能获得订单,才能产生效益。只有坚守主业,精耕细作,才能深谙其道,才能做精做强,才能使事业不断得到延续与发展。

企业家为人处世的风格与创新精神,决定着企业的未来与发展,只有坚守主业,开拓创新,勤勉奋进,才能风采依旧、笑容灿烂。

如毛细雨　惠泽于民

初春的早晨，微雨细润，柳色清新，百鸟争鸣，王维笔下的"渭城朝雨浥轻尘，客舍青青柳色新"描绘的正是当下好风光。吹面不寒杨柳风，一阵春风吹来，夹杂着温暖，夹杂着花香，夹杂着一年新的希望。

初吟杜甫《春雨》中的经典诗句"好雨知时节，当春乃发生。随风潜入夜，润物细无声"时，因年少无知，尚不知万物皆有时令，更不知春雨绵绵滋润万物的悄然无息与大爱无声。芸芸众生，为何能绵延不息？一方面是由于其自身内在的伟大力量；另一方面还由于外界阳光和雨露所给予的无限温暖。

人的一生，最快乐的莫过于童年，因为那时天真烂漫、无忧无虑。捕知了、拾蝉蜕、采桑葚、抓泥鳅、捉迷藏、过家家、跳草绳、玩弹弓……真可谓样样有趣，事事开心，天天快乐，那种感觉，是成年之后无法获取的美妙境界。

在我老屋的后面，住着一户毛姓大户人家，只记得那户人家的宅子好大好大，不知有多少扇门，如若从一扇门进去，不知有多少扇门可以出来。也不知道里面到底住了多少人，老老少少，几代同堂，热闹非凡。小时候，听母亲说那里住着一个大姨婆，直到后来才清楚，原来大姨婆与我的外婆是亲姐妹，我外公也曾是大姨婆家的管家，负责田地里的劳动生产。当时的大姨婆对我外公的表现颇为满意，牵线将自己的妹子嫁给了当时勤快而憨厚的外公。

住在老屋的有我初中时的同班同学，每次上学放学途中，我们经常同去同归，特别是晚自习结束后，小弄堂黑，但毛家弄堂里那微弱的灯光，便是指引我们勇敢前行的不竭力量。随着年龄增长，渐渐地，大部分儿时的记忆已经变得模糊不清，但大家结伴而行、同赴寒窗的场景至今仍然历历在目。那时我们家境都十分贫寒，哪怕是三九严寒，都没有一件像样的棉衣，甚至连一双袜子都没有。但那时的我们都活得十分纯粹，没有互联网，更没有手机，只能偶尔从几张旧报纸上或者从老师讲课时了解到一些外界的消息，总觉得那时外面的世界是那么辽阔与精彩。

那时，还没有普及义务教育，小学毕业后只有一半左右的同学能够上初中，再到初中毕业后也只有四分之一左右的同学能上高中。如果谁家孩子能够考上中专或大专，便会成为街头巷尾谈论的话题或励志的榜样。

随着时光的流逝，毛家大院的年轻人，也和其他家庭一样，在家务农或外出打工。记得那时我们镇上有砖瓦厂、水带厂等乡镇企业，在当时如果能够到这些企业上班，便可以为家里带来一些收入，也就可以使家庭的日子富裕起来，添置农具、自行车、缝纫机、收录机等生活用品。那时，但凡新物到家，便会引来众人羡慕的目光。

在这一批年轻人当中，有一位比我略大几岁的老哥，因其弟是我同学，所以对于他，我也稍有关注或略有耳闻。那时，只知道他高中毕业后，在一家乡镇企业上班，每天骑着一辆自行车，穿着一身朴素但却非常贴身的衣服，给人的印象是非常简朴但又十分干练。

二十世纪八十年代末,改革开放的春风吹遍了大江南北。沿海地区率先步入快速发展期,温州也不例外,生产鞋包、家用电器的企业如雨后春笋般涌出。企业生产自然需要大批劳动力,许多内地年轻人纷纷从田间走出来,放下锄头,拎起背包,三五成群地到广州、深圳、温州、宁波等沿海城市打工,我这位隔壁老哥也不例外。后来,听说他刚到温州时,人生地不熟,便从最基层做起,由于工作卖力,思路清晰,头脑灵活,善于开拓市场,管理生产时有条不紊,做销售时订单满满。这不俗的业绩,使得企业老板对他倍加信赖,于是,他从一个普通员工慢慢步入了企业的管理层。

为解决企业招工与老家年轻人就业"两难"问题,他从老家带来了一大批年轻人。在他的安排与关照之下,这批年轻人也渐渐走上致富之路,有的成为企业中坚力量,有的后来创业成为老板。在他们的心目中,这位老哥为人低调,务实严谨,既是他们工作上的红娘,更是他们生活中的领路人与娘家人。

通过一路打拼,这位老哥现为一家大型电气公司常务副总。虽身居高位,但他还是那么低调,那么勤勉,那么踏实,那么乐于助人。每当老家村里老年人生活有困难,他便会伸出援助之手;每当老家村里有学生考上大学,他便会发个红包以资鼓励;每当老家有人找其帮忙,他都会慷慨解囊或鼎力相助。

如毛细雨,惠泽于民。窗外,又下起了毛毛细雨,万物滋润,默默生长。在老哥看来,自己过得幸福,还称不上真正的幸福。只有大家日子都过好了,那才是真的幸福。

清风徐来　德聚云生

记得很多年前，自江贺公路经过，便会看到远处有一块大大的广告牌，上面写着"德生木业"四个大字，后来听说，该企业老板的名字叫徐德生，但一直是久闻其名，未识其人。直到四年前的一天，经朋友介绍，方才认识这位大名鼎鼎的木业公司老板徐总。初次见面，徐总给我的印象是干练而不老道、低调但有热情，一番寒暄之后，总觉得应该送徐总一点儿所谓的文化，将其为人处世的风格进行高度概括。

经过几天斟酌，"清风徐来　德聚云生"几个字便闪入脑海。仔细想来，徐总那满面清风轻拂而来，给人以丝丝关爱与阵阵温暖，同时，这几个字也暗指由于徐总人品至上，所以生意兴隆、事业辉煌。当我将这几个字送给徐总时，徐总非常高兴，直言颇为高妙，也以该言所指而引以为豪。

前几天，天气晴好，便觉得要到老朋友那里去走走坐坐，于是，便驱车前往莲华山工业园区。到了金航管业，拜访叶总之后，他一再盛情挽留，执意让我在他那里用过中饭再走，并且，他立即电话告知徐总，当得知徐总在公司之后，我们一同来到了德生木业。

走进徐总办公室，其所坐位置正对面墙上赫然挂着一块木匾，上面刻着"徐来慎取 德聚云生"八个字。徐总看到我，马上解释说："周老师，我将你所写之词进行了微调，一是体现我与搭档的巧妙组合，二是想表达在创业的路上讲究的是循序渐进，保持的心态是如履薄冰，步步为营，脚踏实地，求稳发展。"经他这么一解释，我也恍然大悟，原来微调的背后蕴含着如此丰富的内涵与思想。三盏清茶入口，不觉已至午餐时间，徐总为了让聚餐的氛围更加浓烈，又邀请了几位好友前来共叙家常。

距离吃饭还有一些时间，徐总带我们到公司车间走走转转，只见车间里面机器一片忙碌，一条条流水线基本实现了机械化、自动化。徐总介绍说，生产自动化可以降低成本，还可以解决招工难、管理难等问题。当下企业最难解决的是劳动力成本问题，年轻人不愿到一线去干，因为太辛苦，而年纪大的体力不行，对现代技术的学习与应用能力不足，很难适应高强度、快节奏、高频率的作业环境。此时，我更明白，影响企业发展的除了场地、设备、资金外，更重要的是员工团队。

车间里，不时有员工与徐总打招呼，真奇怪，这么大的一家公司，徐总居然能够说出每一位员工的名字，并熟知他们的情况，哪一个娘家是四川的，哪一个刚刚当上爸爸，哪一个最近又购买了一套新房……他都一清二楚。当时，我问徐总，你怎么对员工这么熟悉？他说："管理就是要深入一线，要多与员工打交道，拉拉家常，嘘寒问暖，与他们打成一片，与他们建立亲密的家人关系，这样，才能更好地留住员工，才能让员工有亲切感、归属感与幸福感。"

仔细一想，要办好一家企业，或要当好一个领导，除了要正确领悟政策与把握方向之外，还要深入基层，与员工或群众打成一片，这就是所谓的"既要攀住天线，还要接牢地气"。

经过几番接触,渐感徐总为人耿厚,乐于为他人着想,正如他所说:"帮助别人,就是帮助自己。"怪不得,当地商会推荐会长人选时,大家一致认可徐总。据说,但凡商会开会,只要徐总出场,他那幽默风趣的话语,总会让整个会场生机盎然、活力四射,让原本严肃的话题在轻松的笑谈中得到了最佳阐述,也让一些棘手的问题得以圆满解决。

后来,听朋友说,徐总曾到内蒙古开采矿业,虽未增加多少收入,但却让徐总身上有了蒙古人所特有的那种粗犷与豪放。怪不得,徐总高歌一曲时,总喜欢唱一些降央卓玛的歌曲,原来,在他的心中始终有着那片天高云阔、一望无际的美丽草原。

千枝明芽　缘因有根

记得那是一个暑期的校长、书记学习日，会间休息时，老领导交给我一个任务，那就是为衢州护士学校增添一些校园文化。当时，我非常苦闷，生怕难以交差，因为要将做人、求学、从医等宗旨相互融合，并做到特色鲜明、内涵丰富，这对我来说，确非易事，何况，我也不是文化创意公司的专业人员，不过恭敬不如从命，只好硬着头皮，回答说："让我试试。"

回到家中，躺在床上，静静思考。突然，灵感一闪：如果将该校创办人与其夫人两个人的名字整合在一起，不就是很好的文化品牌吗？第二天，照旧开会，休会期间，我将设想告知老领导，旁边不乏诸多同行，有人问我，那你这个叫什么文化？我回答说："这叫情怀文化。"因为"千枝明芽　缘因有根"寥寥八字，已经将其夫妻投身教育事业的毕生情怀做了最好诠释，同时，"千枝明芽"寓意千名学生在这里生机勃勃、茁壮成长，"缘因有根"又代表他们扎根教育，千枝吐绿、万花绽放，也得缘于有这方家园沃土。同时，我半开玩笑说："明芽也是因为遇见有根这样的帅哥，才显得楚楚动人。"学校创办人甚觉这一创意蛮有特色，于是，在那次学习会之后三天之内，便花了几万元，购置了一块大石头，将"千枝明芽　缘因有根"八个字刻在其上，并涂上红漆置于校园，顿时，这块大石头，便成了学校的一道文化品牌和亮丽风景线。每有领导或嘉宾来访，学校领导便会带至那块石头前面拍照留念。我真的没有想到，文字居然这么富有引力、张力、定力与魅力。

原以为，上述任务已是大功告成，没想到，过了一段时间，老领导又来电，约我到现场走走，因为学校刚建了一个园林式文化长廊，需要在长廊的柱子上撰写几副对联，好让走在长廊之中的学子或嘉宾，茶余饭后有一些念想与杂谈。

如何将景、物、情、理巧妙地用文字进行组合，将人生感悟、眼界格局融入其中，体现出与众不同，给人耳目一新之感？闭门苦想之后便有了"微雨直挂斜阳外；劲竹常卧云水间"一联跃然纸上，旨在体现那种坚守如初、坚韧如竹的教育情怀。回眸之间，"笑问南山何处有；悠云一片似无根"一联又浮现眼前，意在体现那种自然、纯朴、恬淡的人生境界。"和风拂面千枝生明芽；细雨润物万物皆有根"，目睹其联，一幅春景之图不知不觉便会映入眼帘，那种"明芽"与"有根"之间互为关联、互相关照、共同成长、相得益彰的意韵，也被诠释得淋漓尽致。

后来，老领导又提出给学校正门拟写一副对联，要求体现育人与从医特色。于是，我草撰"春风拂柳细雨润万物；秋果挂枝大爱满人间"一联，主要是想体现护士职业的那种细腻、温柔与关爱，同时强调学校侧重人才培养与回馈社会。后又加上横批"物泽天行"，旨在突出白衣天使滋爱万物，以求众生康健的纯美品质。

其实，学校创办的艰辛历程和努力付出，旁人是有目共睹的，创办之初，资金缺乏，只能租用江贺公路的低矮之房，当时办学规模太小，特色不够明确，很难得到政府支持，也很难招到学生，特别是招收到品学兼优的学生。另外，因为待遇偏低，也很难留住好老师……通过创办人的坚守与努力，终于，云开雾散，学校搬迁至贺村新城，校园环境焕然一新，学习区、实验区、生活区、健身区错落有致，原本最为头疼的生源问题也因为学校的知名度、影响度、美誉度不断提升，吸引到了温州、金华、丽水等地的学子慕名而来，办学质量与效益不断提高。许多优秀的大学毕业生与经验丰富的老教师也纷纷参与其中，让正在成长的学校变得更加生机盎然、前程似锦。

千枝明芽，缘因有根。芽的生长，离不开根，它们同属一株，更因为命脉相连。

莫问马何肖　心宏乃自达

出了江城，沿着江衢公路往北行驶不到两公里，便可以看见路的右侧墙上刻着"四宝乒乓球训练基地"九个金铜色大字，字里行间闪烁着不一样的光芒。

一次偶然的机会，让我有幸认识了这里的主人马肖宏，只记得马总当时到我办公室，问我学校里有无家境贫困、成绩滞后的初中毕业生，他那里需要这种人才。当时，我非常纳闷，不禁问道："这些人怎么能称得上是人才？这类群体到你那里，能有什么发展？去了以后，你能留得住他们吗？"马总微笑着说："我们那里有乒乓球训练基地，需要这些人去给那些小运动员们当教练。"我说："他们一无技术，二无家庭经济支撑，怎么可能去你那儿呢？"没想到，马总说："没有技术，可以在我们那里通过训练得到提升，至于没有经济条件，我们可以免费提供食宿，更何况如果他们掌握了一门技能，还可以为今后步入社会解决后续就业问题。"

为了打消我难解的念头，马总告诉了我一个成功案例。有一位初中生，因厌学逃学，成绩很差，常会犯事，家长也拿不出什么法子，眼看这孩子一步步将滑入犯罪深渊，他听闻之后，内心十分焦急，立即前往他家，通过与家长沟通，将该孩子劝导到基地参加训练。后来，该孩子品行大改，凭借活络的思想与刻苦的精神，不但球艺大有长进，而且，广受指导的学生的欢迎。也许，马总有他的教育法门，也许孩子在这里确实找到了自我存在的价值，经在他这里培训的孩子，不但机灵，而且听话，还富有孝心，懂得感恩。怪不得，经常可以在微信朋友圈里看到马总与这群孩子相谈甚亲、相聚甚欢的感人场景。当时，我就想，马总帮助这些孩子回归正常状态，助推他们健康快乐成长，这种有利于家庭与社会的做法，虽然不能赚到什么钱，但却收获多多、幸福满满。

随着交往的不断深入，后来了解到马总夫妻传奇而浪漫的爱情故事，也知道公司制售藤椅的主营业务已经逐渐成为副业，青少年乒乓球训练慢慢变成了主业，而且，马总的儿子小马已成了乒乓球训练基地的管理人与主教练。创办基地短短几年，他们已经培养出全国少儿乒乓球锦标赛分站赛团体冠军与总决赛冠军，已经成为衢州市体育后备人才培训基地。在马总的心里，学习成绩好的孩子，固然有所出息，但成绩落后的学生，照样可以活得无限精彩。他觉得自己好，不如大家好，特别是一些特殊家庭的特殊学生，他们缺少关爱与温暖，如果在成长的关键时段，有人给予引导，给予温暖，给予扶持，那么，他们照样可以摆脱阴霾，走向阳光。

当然，马总的善举还离不开他的贤内助赵坚娣。她是一名高中教师，出生在上海，性情开朗，格局开阔，勤劳能干，心地善良，对于马总的抉择可谓是鼎力相助、无条件支持。烧饭、洗衣、拖地、整理内务……任劳任怨，有条不紊，样样不落。一家三口，忙忙碌碌，实实在在，其乐融融。

有一天，马总来电请我从他的名字上挖掘出一点儿文化内涵来。其实，当初我与马总相识时，就觉得"马肖宏"这个名字，想用些许文字来寓意一下，实有难度，不过，慢慢深入了解，我被马总的视野和格局所打动，顿然大悟，于是，"莫问马何肖　心宏乃自达"一句便跃然而出。马总问我："该话有何深意？"我便解释道："这句话的本意是，不要问这匹马是什么生肖，心境开阔自然就明白了。又可以解释为不要问这匹马像什么，眼界开阔才能达到这种意境。"马总听后甚觉满意。其实，我要表达的无非就是马总眼光的独到、心境的开阔与生命的温暖。在当下所谓"金钱至上"的社会里，能够有这份情怀，已是弥足珍贵，并且能将这种情怀代代相传，更是极为难得。

　　初春的杨柳，枝头已然吐黄。走在江畔，远眺群山，云雾缭绕，思绪万丈。一个人奋斗的目标是什么？到底是为了金钱，还是为了权力；到底是为了名利，还是为了地位？在一些人看来，追名逐利似乎是人间常态。而在另一些人看来，这些所谓的物欲追求，都是过眼云烟，真正使人富足的是那一份理解他人、善待他人、包容他人、感恩他人的责任与担当。

千里德云　万物盛汇

大约在五年前,经朋友介绍初次认识了浙江盛汇化工的姜总,姜总给我的第一印象就是低调、厚朴、勤勉。随着交往的不断深入,深感他拥有与自然和谐相处、回报社会的慈善之心。记得有一次姜总邀请我们到公司做客。一到公司门口,姜总早已在那里恭候,并亲自领着我们参观了整个公司。我们一边参观,一边听姜总和我们聊公司的发展历程与未来方向。

也许是受到传统思维的惯性影响,在我印象中,化工厂总是臭气熏天,是靠牺牲环境为代价换来GDP。而走进浙江盛汇,不仅没有闻到臭味,而且看到的是鸟语花香、花果满园,那层层叠叠的假山,那涓涓潺潺的流水,那悠然自得的鱼儿,那挂在树上的一个个大蜜柚,给我们的感觉犹如走进了苏州园林。

当时,让我们记忆最为深刻的是车间里居然有燕子窝,燕子窝里趴满了小燕子,真的是让人大吃一惊又百思不解。于是,我便好奇地问姜总,姜总笑着对我们说,衡量一个工厂是否有污染,其实不需要什么所谓的检测,只要看看这些燕子、松鼠等小动物是否能够长期在这里安家,是否长期在这里自由自在地成长就可以了。办企业就是要与自然和谐相处,如果破坏了环境,环境自然要来惩罚我们人类。

姜总给我们又算了一笔账,他说如果公司的工作环境太差:一来招不到员工;二来所招的员工如因工作环境问题而造成身体伤害,还要承担相应的赔偿;三来如果环境审核不达标,就会被主管部门要求停业整顿,就会影响正常生产;四来从良心上讲,我们始终不愿做这种损人利己、伤天害理之事。他说,这笔账我一讲大家都一目了然,盈亏自知,那我们为什么要冒如此风险而换来短暂的收益呢?办企业与做人一样,要放眼长远,要顾及他人,要造福社会。

前不久,我再次去拜访姜总。这次姜总说,人生最关键的是要抓住机遇,并努力拼搏。姜总结合自己的人生经历侃侃而谈,他说,年轻时自己只是一个小小的司机,每天握着方向盘,只顾马不停蹄一路前行。为了谋生,在当时路况极差的情况下,每月行驶公里数达到一万公里,为公司创收一万多元,这在当时,可是不分昼夜、辛勤劳顿才能创造的极佳效益。俗话说,星光不问赶路者,岁月不负有心人,只有不断积累与付出,才能获得更大的成功与收获。

当谈及当下中国教育,姜总虽然没有从教经历,却对教育倍加关注并深有感触。近些年学生近视率不断增加,为了所谓的一点点分数而身心疲惫,教师为了所谓的升学率与排名搞什么题海战术,有偿家教,违规补课,只注重书本知识而忽视技能等一些教育问题,在姜总看来都严重背离了学生身心发展与教育的规律,背离了社会对人才的需求导向,也违背了师德尊严。从长远来看,将会严重影响现代人才的培养和国家民族的未来发展。

千里德云,万物盛汇。把工厂变成百草丰茂的花园、硕果满枝的果园、员工创业的乐园,这是姜总一贯的经营理念,更是他对自然规律、社会发展、生命历程洞悉后的一种坚守与实践。

金叶迎春　冰消雪化

每次与叶总接触，总能感受到他的身上有一股浓浓的暖意，可能是因为他的名字叫"冰化"。更让人佩服的是他的为人处世会让你感到如春风般吹拂，如春雨般滋润，如春阳般温暖。

江山乃木门之都，据说全国十扇木门有七扇来自江山，可谓名扬四海。在这支创业大军中，有一位来自永康的年轻人，携儿带女，扎根江山，深耕门业，在汹涌澎湃的竞争洪流中，硬是闯出了一条致富路，把生意做得红红火火。自从认识叶总之后，我就在想，为什么他要把公司名称定为"盼家门业"？一方面是想让消费者找到一种归家之感，旨在欢迎他们前来公司选购产品，营造好自己的美好家园；另一方面是想让公司员工获得一种家庭般的温暖，成为企业的主人，从而找到工作的归属感与幸福感；还有一种原因是叶总想用那种对公司、家庭、社会的责任与担当，让周围人感受到一种家的关爱与温暖。

2017年秋，我调任至上余初中任校长一职，为鼓舞士气，激励师生，便想为学校寻求些赞助。于是，在朋友的介绍下，结识了一批企业家，这其中就有叶总。初到叶总公司，不待我们开口，他便直言，教育事关国家前途与民族未来，需要全社会悉心呵护与大力支持。一方水土，养育一方人，作为当地一家民营企业，如果收益尚可，必将回报社会。他的确是这样想的，也是这样说的，更是这样做的。那时，我们学校的许多优秀教师与莘莘学子，连续多年从叶总的手里收到了暖暖的心意与浓浓的关爱。

为了让学生成长与发展得更好，叶总提出建议：凡考上江中的学生每年欢聚两次，寒假春节期间一次，暑期一次，让这些学子在一起畅谈成长历程与美好梦想，分享人生得失，化解当下困惑，实现精彩梦想。每次聚会，叶总都亲自到场，参与其中，他说，那种与年轻人在一起畅聊的感觉真好，既成就了他人，也丰富了自己。许多懵懂的少年，就是在这样的谈笑之间，通过思维碰撞，从而得到更好的启迪、滋润与成长。

为加快产业调整与工业发展，当地政府要求非化工类企业定期搬迁。为积极响应政府号召，叶总将盼家门业搬到了莲华山工业园区。后来他又在化工园区创办了一家新公司——衢州中溢环保科技有限公司，专门生产环保科技类产品。在谈及改道转行时，叶总笑眯眯地说："只有迎难而上与顺势而为，才能在危机中找到商机，才能在困境中找到出路。墨守成规，定势思维，都将束缚企业的可持续发展。只有不断创新，才能不被淘汰；只有不断思考，才能让企业走好走远。"

英国浪漫主义诗人雪莱曾说："冬天已经来临，春天还会远吗？"这句话，对于叶总来说，是再熟悉不过了。在叶总的眼里，人生与企业发展都会遇到冬天，但无论春夏秋冬，只要心怀暖意，便会冰雪融化，便会四季如春，便会满屋开满鲜花。

金叶迎春，冰消雪化。叶总说："只有脚踩热土，心怀热气，手传热能，温暖他人，感动自己，才能让人生的每一页都写满无限精彩。"

九天坤裕　十里门香

记得在一个周末，我与妻子像往常一样，回到了老家，一则是为了陪伴年老体迈的母亲，二则是可以到自留地里"去锄豆郎山"，顺便舒活舒活筋骨。乡下的空气是那么的清新，再加上那里有众多儿时的伙伴，便觉得回老家过周末是人生中最幸福也是最浪漫的时光。

秋风煦暖下，沉醉正当时。突然，手机铃声响起，原来是初中时的一位老同学邀请晚上到她公司做客，并且特别告知有多位老同学一并参加，同时发来了公司定位。

曾听说这位同学办厂，主要生产各种实木门与橱柜家居，由于多年来用心经营，产值不断攀升，规模也逐渐壮大。我恭敬不如从命，便欣然答应并如约前往。

在导航的指引下，一路轻车熟路，不觉已到其厂区，只见老同学早已在门口迎候。许久不见，只觉其略显富态，可能是年龄的原因，也可能是营养充足，更可能是事业发展顺利，一切如意之后，自然便会心宽体胖。

同学相见，分外亲热。一番寒暄过后，老同学便邀请我们去参观公司车间，只见那一条条生产流水线，基本实现机械化与自动化，偶尔看到几位工人正在忙碌。老同学见到他们时，也都一一打了招呼，可见我这位同学平时与一线生产是多么贴近，怪不得其对公司各项事务能运筹帷幄、掌控自如。

据老同学介绍，原来公司只由她一个来打理，随着生产投入的不断增加，产销两旺，很多事务已经忙不过来，于是，她便硬生生地把在杭州从事土木工程的丈夫"拎"了回来。夫妻搭档，更加顺手，加上近年其儿子与儿媳的加入，管理与营销团队变得更加强大，业绩不断攀升，如今在木门之都已颇有名气。

参观完毕，其夫妻邀请我们这批老同学共进晚餐，大伙吃聊之间，提议给其公司设计一些特色文化品牌，将公司名称与这位老同学的名字融合在一起，要求朗朗上口，顺耳悦目，让人想起来回味无穷，并指定该项任务由我这位"教书匠"来完成。一顿美食之后，众人纷纷告离，个个笑容满面，各自互道珍重。

回家后我便开始谋想起来，经过两天的细斟慢酌，闪念之间，"九天坤裕　十里门香"八个字忽然跃入脑海，我便将该想法告知老同学，并且进行了一番解读："九天"代表"气势宏大"，因其丈夫姓"王"，固然应有"王者归来之风"；"坤裕"是公司名称，"坤"表地势宽厚，"裕"表"事业广达"；"门香"是老同学的名字，暗含从事"门业"必将"飘香"；"十里"表示公司产品销路之广、知名度之高与影响力之大。经我一番解释，老同学顿觉颇有韵味，同时，问我能否将"王"字融合进去，当我告知"九天"已是"帝王至尊"时，也便欣然接受。

后来想想，我在构思时使用了两个数量词，便将公司的气势与气场充分地营造了出来。不过真正让我叹服的是老同学的名字居然与其从事的行业息息相关，并且预示着从事该行业便会事业通达、十里飘香。也许，这就是命中的注定或上天的安排。

每个人都有自己的名字，也都有自己的事业。要把名字取好，可能取决于父母，而要把事业办好，那一定得靠自己。

每个人都有自己的风格，也都有自己的成就。要让风格鲜明，贵在个性与特色，而要让自己有所成就，那一定是既要仰望天空，更要脚踏实地。

世事有常

第三部分

茫茫天宇，芸芸众生，生生不息，一切自然。人间万象，看似无序，实则有常。所有繁杂表象的背后，皆可探其本质，究其原理。所有简单平淡的日子，皆含人间真谛与明白事理。回观、感悟、探究、抒怀，字字无心，但又句句在理。用微笑去包容所有的相遇，用坦然去面对所有的挑战，用清风去拥抱所有的风景，用悠云去冲淡所有的分离。

相逢是首歌

"你曾对我说，相逢是首歌，眼睛是春天的海，青春是绿色的河，同行是你和我，心儿是年轻的太阳，真诚也活泼……你曾对我说，相逢是首歌，分别是明天的路，思念是生命的火。"

每当听到《相逢是首歌》这首歌时，心里不由得就会感到相逢是缘。芸芸众生，擦肩而过，相逢是两个生命体在宇宙当中进行不规则运动时的巧合与碰撞，更是两颗心的共生与交融。

初中刚毕业，便分别收到了两张录取通知书：一张是当地一所重点高中寄来的；一张是当地一所中师学校寄来的。由于家境贫困，经父母与邻居叔伯反复掂量，最后还是选择了中师，因为读中师自己不用支付生活费，毕业后，国家会安排工作。三年的师范生活，一晃而过，未满十八周岁的我，被分配到一所农村的初中任教，成了当时全校唯一一名稚气未脱的老师。

记得刚参加工作那几年，倒也快乐，以校为家，无牵无挂，每天不知疲倦地教书。下午课外活动时，全校年轻老师一起打打篮球，挥汗之后再冲个凉澡，倍感爽快。晚自习结束后，一群年轻人又聚在一起"挑灯夜战"打打牌，不知倦怠。岁月的脚步就这么匆匆走过。

一晃已经到了二十六岁，这个年龄在农村应该也到了谈婚论嫁的时候了。我的母亲不断地催促，要求我尽快找一个女孩结婚，以延续香火。我的奶奶，更是迫不及待，渴望有生之年能够抱上曾孙。而我的姐姐，不单是嘴上念叨，而且展开了实际行动，到她夫家隔壁的砖瓦厂小商店老板娘处，希望她帮忙解决我的婚恋问题。在她们悉心安排下，我与现在的另一半终于见了面。

当时，我们村加上我一共有三人师范毕业后被分配到同一所学校，他们都找到了对象。一位师兄的要求是要找漂亮的姑娘，于是找了一名校花作为终身伴侣。另一位则是看重政治背景，便找了当地乡党委书记的千金作为同眠之伴。而我因为家里太穷，急于改变现状，所以我觉得自己应该找一位富家千金作为共枕之妻。

功夫不负有心人，在他人的撮合之下，我通过用心与努力，终于与砖瓦厂二把手的千金走在了一起。结婚不久，我即提出要贷款购车跑运输，却遭到了老丈人的极力反对。他说，我既不会开车，也不懂运输，更不会经商，应该老老实实地教书，当个人民的好教师。

就这样，过了很长一段时间，我的心才渐渐安定下来，便想清贫也是一种快乐。于是，开始改变了积累物质财富的想法，每天过着平凡而恬淡的生活。有时，以"南朝四百八十寺，多少楼台烟雨中"来调整自己；有时，以"人生在世，最后什么也带不走，唯一能够带走的是自己的那颗灵魂"来安慰自己；有时，以"菩提本无树，明镜亦非台，本来无一物，何处惹尘埃"来清静自己；有时，看到一家人和睦融洽，在一起健康快乐地生活，没有隔阂，没有纷扰，没有猜忌，觉得自己就是天底下最为幸福富足的人。

有人说，教师这个职业概括起来就是"一支粉笔、两袖清风、三尺讲台、四季耕耘"，我觉得甚有道理。"粉笔"是工具，"清风"是师表，"讲台"是场所，"耕耘"是心态，与粉笔相伴可以尽情抒写，与清风相伴可以远离世浊，与讲台相伴可以传达智慧，与春天相伴可以万物滋润。特别是从教多年，遇到了一群"亦师亦友亦兄弟""亦喜亦忧亦牵挂"的"俗家弟子"，每逢重大节日，那一份份往来的问候，便觉得与这帮"家伙"相逢，定会演绎出人世间最为动人的曼妙歌曲。

百年修得同船渡，千年修得共枕眠。所有今生的相见均是前世修来的缘，人生路上，我们相逢晨钟暮鼓，相逢红花绿叶，相逢风霜雨雪，相逢知音佳人。

相逢是首歌，没有歌词，没有曲谱，也没有固定的旋律。它，既是摇滚，铿锵有力；又是伦巴，舒缓有致。它，既是华尔兹，又是恰恰舞，每天都有各自的蕴意与魅力。它，既是小奏鸣曲，又是交响乐，有细腻之时，更有旷达之处。

相逢是首歌，让我们结伴而行，为自己不同的人生谱写出一曲曲旋律优美、节奏鲜明、情感真挚的生命赞歌。

相见如初

清初词人纳兰性德在《木兰花·拟古决绝词柬友》中曾写道："人生若只如初见，何事秋风悲画扇。等闲变却故人心，却道故人心易变。骊山语罢清宵半，泪雨霖铃终不怨。何如薄幸锦衣郎，比翼连枝当日愿。"该词情调凄婉，字里行间充满对变心移情的痛斥，对信守如初的美好向往。

人生初见，就像到西湖边看那初绽的荷花，清新脱俗，亭亭玉立，一尘不染，觉得那真是人间少有的美景。在你的眼里，你的心上人，此时就是那朵荷花，充满新鲜感、神秘感与沉醉感，令你朝思暮想，弥久难忘。那时的你，是多么渴望时间能够停止，两人能永久定格在一起，不再抛弃，不再分离。

人生一场，相见甚欢。随着时光的流逝，与你相处的另一半，乌发变白发，岁月染鬓霜，红妆变成了素颜，纤纤素手已然变成皱皮枯枝。时光磨去了双方的棱角，各自的脾气已变得不再急躁，原来挺直的腰杆，也不得不弯了下来，原来轻盈的步伐，也显得有些沉重，有时还发出一串拖沓的窸窣声，原来双方都在晨钟暮鼓中渐渐老去。

在相处的每一刻，大部分人对待自己的另一半，随着时间的推移，将甘甜化成了酸苦，将绿芽变成了枯叶，将浓情变成了无情，牵着对方的手，好像自己的左手握右手，毫无感觉，不值一记。但是，当对方真正离去的时候，你才会觉得是多么孤寂与失落。世界上很多东西都是如此，只有当它失去的时候，你才觉得它是多么的珍贵。

不忘初心，牢记本愿。当初的海誓山盟，如果变成了讹言谎语，那么所有的人间承诺，又具有什么存在的意义？作为一个生命体，有喜怒哀乐的生理反应，也有喜新厌旧的通俗心理，但如果双方真心相爱、真诚拥有、真情相守，那么，你身上怎会出现那些忽视、逃避对方的眼光？

相见如初，需要定力，需要勇气，更需要智慧。因为生命如此短暂，我们本来就不需要那么多的千变万化和飘忽不定。不要去随意评定对方的功过，不要去计较对方的所为，更不要去深究对方的对错，因为世间本无绝对的完美，更因为当初的印象与触感是人生中最值得珍藏的眼泪。

第三部分 世事有常

相敬如宾

春秋时期，晋国大夫胥臣奉命出使，路过冀地，遇见一人正在田间锄草，他妻子把午饭送到田头，恭恭敬敬双手捧献给丈夫。丈夫也以同样的礼节回敬妻子，祝祷后进食，妇人侍立一旁等他吃完，收拾餐具辞别丈夫而去。胥臣十分赞赏，认为夫妻之间尚如此敬重恩爱，如同对待宾客一样，何况对待别人。

"相敬如宾"一词由此而来，发展到今天，已非本义，夫妻关系要达到真正意义上的相敬如宾，双方必须具备在"理解、尊重、宽容、感恩"四个维度上所达成的某种默契。

俗话说：心有灵犀一点通。只有互相理解，才能彼此走进对方的内心世界。每个人活在世上，都有属于自己的痛苦、烦恼、忧愁、牵挂、留恋，有些一言难尽，有些无言以对，只有充分理解对方的想法与行动，才能打开对方的心灵枷锁，才能让冰消雪融，使对方从酷寒的冬天走向明媚的春天。

晏子使楚，让我们深深懂得尊重的力量。要善于懂得尊重对方的人格、个性、劳动、荣誉，因为力的作用是相互的，只有你尊重了对方，对方才会更加尊重你。夫妻之间的任何一方不能出现居高临下或是奴颜婢膝、唯命是从之类的样子。不能俯视，否则，你将会自高自大、目中无人；不能仰视，否则，你将活得十分卑微、毫无地位。两者之间需要平视，唯有相互尊重，看到的对方才是真实世界的完美印记。

海纳百川，做人，不能像眼睛一样，容不下一粒沙子。每个人都有缺点，都有短板，都有不足，如果一味地抓住对方的短缺，那么，我们将会活得非常辛苦。俗话说：宰相肚里能撑船。只有相互包容，才能经得起惊涛骇浪，才会一起携手风雨兼程。

鸟飞返故乡，狐死必首丘。兽犹如此，何况于人。我们要感谢上苍的赐予，让我们来到这个世界；感谢缘分的撮合，让我们携手走在了一起。人的一生是孤独的，请珍惜你人生中的另一半，感谢对方与你同枕共眠，消解孤单寂寞，驱走失魂落魄，让双方彼此获得温暖与幸福。

千金易寻，知音难觅。相逢不易，相处更难，理应相敬如宾。唯有这样，我们才能更加懂得天籁之音《高山流水》里所焕发出的点点星光。

相濡以沫

　　记得那天是周末，在母亲的催促下，我独自行车至柴家，去看望身体欠佳的小舅婆。时隔多年，为找到她家地址，费尽周折，终于在小舅婆邻居的引导下找到了。由于小舅公多年前便去世了，小舅婆这次病愈从医院出来后，直接到她女儿家休养，所以我未在小舅婆家看到她老人家，于是，拜托她儿媳妇把一点儿心意转交给她。

　　柴家的对岸就是小清湖，那里还住着我的大舅公与大舅婆，他们年事已高，便决定前往拜访，在小舅婆儿媳妇的引领下，我找到了他们居住的地方。

　　这是一个两层半建筑的混凝土房屋，是大舅公的小儿子前几年新建的。大门紧闭，还好没有上锁，敲了几下门之后，便隐约听到里边有轻微而厚重的应答声，于是我便推门进去，顺着声音找到他们居住的房间，只见大舅公和大舅婆，一人一头躺在一张老木床上，桌子上放着一只小碗和一只调羹，大舅婆微闭着双眼，脸上黯然无光，看她的表情，甚觉垂暮之年或风烛残年的样子，令人泪目不堪。

　　大舅公见我进来，便睁开眼，问我是谁，当我告诉他之后，他微微点了点头,脸上露出了灿烂的笑容。我问他高龄,他告诉我已经九十四岁,说大舅婆也已九十一岁。噢,两个九十多岁的人,一张老木床,一床旧棉被,将两个老人的心紧紧地拴在了一起。此时,我心头豁然一惊,什么叫抱团取暖,什么叫白头偕老,什么叫爱河永浴,在这里得到了最好的诠释。

记得我十来岁的时候,春节刚过,父亲便带着我到舅公家拜年,去的时候,正遇三九严寒,天气非常寒冷,还下着雪,我与父亲步行十五来里路,到达小清湖,先去大舅公家拜年,然后把果子(拜年礼物,如红糖、荔枝干、桂圆干等)一放,寒暄过后,便踩着溪中的几块大石头,到对面的柴家小舅公家去拜年。最有趣的是遇到涨水,从小清湖到柴家,要靠小摆渡船才能过去,于是,我又生平第一次尝到了坐船的滋味。

那时,只听说小舅公的箍桶手艺在周边小有名气,有时忙都忙不过来,没想到后来的塑料制品彻底让他的技艺退出舞台。只可惜,在我十几岁时,六十多岁的小舅公便离开了人世。

大舅公,原本是大山区玉坑人,只因年轻时未能找到对象,在我大舅婆原丈夫(大舅公)去世后,入赘过来的。过来之后他们又生了三个孩子:两个男孩、一个女孩,长得眉清目秀,加上大舅婆原来的六个孩子,组成了一个大家庭,那时的热闹,似乎把他家的贫寒都驱赶得干干净净,只觉得全家人的温暖相拥,才是天底下最宝贵的财富。

时值中午,我要赶回老家陪父母吃中饭,于是,便匆匆告辞,大舅公躺在床上执意挽留,大舅婆虽然没说话,但眼含温情,我知道,他们已经是心有余而力不足。见到这种场景,我的鼻子忽然一酸,快步走出了大舅公家的大门。外面冷风呼呼地吹,大舅公与大舅婆又紧紧地偎依在一起。

过了几天,不知是谁将大舅公与大舅婆前段时间两人互相搀扶，步履蹒跚地走在乡间小路上的场景，用抖音的形式发了出来，还引起众人转发与点赞。

原来，相濡以沫，才是夕阳西下时最温暖的一道风景。

相忘于江湖

上帝总是喜欢跟人类开玩笑，让人在老了的时候，容易患上一种病，叫作阿尔茨海默病。人一旦得了这种病，可能会不记得眼前站着的是谁，即使是最熟悉的家人或朋友；可能会不记得家在何处，即使是曾经居住过几十年的祖宅老屋；可能会遗忘所经历的一切……有时，他站在那里，好比是冬天里的一棵雪松，无论风雨如何吹打，都纹丝不动。有时，他或坐在那里，好比是一座广场上的雕塑，无论别人如何挑逗与戏弄，所有的悲欢离合仿佛全都成了一场空。有时，他走在路上，步履蹒跚，节奏迟缓，呆滞的目光下，已然看不到曾经的疾苦与沧桑。

额头的鬓霜，满脸的皱纹，凝固的眼神，慢移的脚步，无言的作答，破碎的长影，都是人生走向衰老的明显标志。人生旅途，山水相依，风雨兼程，无论春夏秋冬，无论风霜雨雪。生活，在你备受打击的时候，会给你以鼓舞；在你心灵痛苦的时候，会给你以欢乐；在你一贫如洗的时候，会不离不弃；在你失魂落魄的时候，会让你重拾信心并启帆远航……虔诚相伴，毫无怨言，让相处之地成为一道温馨的港湾。在这里，互相倾诉，变成了人世间最绝妙的药方。在这里，抱团取暖，变成了人间最温暖的阳光。

人总是要老去，这既是人类的生命轮回，更是大自然的基本规律。当我们有一天离开人世的时候，生命中所历经的一切都将归于尘土，无人记起，无人牵挂，无人言非，无人点赞。生命就像是湖面上的一丝涟漪，开始的时候，相当于在平静的湖面上扔了一颗石头，如果是小石头，便会微波荡漾，如果是大石头，便会激起千层巨浪，但无论如何，最终湖面都将重归平静。

　　想到此处，不由得吟起明代文学家杨慎的《临江仙》："滚滚长江东逝水，浪花淘尽英雄。是非成败转头空。青山依旧在，几度夕阳红。白发渔樵江渚上，惯看秋月春风。一壶浊酒喜相逢。古今多少事，都付笑谈中。"

　　生命是短暂的，又是漫长的。江湖是险恶的，又是善良的。关键在于我们如何看待。我想，短暂的是时间，漫长的是情义。不管是钩心斗角还是以诚相待，抑或是人间真情，蝇头小利，丰功伟绩……随着时间的不断推移，都将在历史的长河里消失得无影无踪。

　　当我们走到生命的最后，或离开这个人世时，请放下所有的一切，无论孤寂与喧嚣，无论贫寒与富裕，无论悲伤与喜悦，无论得意与失意……因为，所有的一切都将随风而去。

　　南朝四百八十寺，多少楼台烟雨中。让我们相忘于江湖，无须牵肠挂肚，无须重拾记忆，无须尘埃落定。

心中若有桃花源　何处不在水云间

万物生长，皆有其境。有人说，什么样的环境，就会生长出什么样的生物。也有人说，什么样的生物，就会产生什么样的环境。到底哪种答案正确，众说纷纭，不一而足。其实，双方是相互依存、彼此影响的，没有适宜的环境，万物将难以生长，当然，没有万物的循环与回馈，很多环境将会死寂一片。

人是这个世界上对环境适应能力最强的生物，因为人可以改变环境和适应环境。外化的工具依赖于科技的发展，内化的自我来自心态的调整。同样的环境，有的人觉得温馨舒适，有的人觉得孤独难忍，有的人觉得心旷神怡，有的觉得沉闷烦躁……为什么在不同人的眼里有着如此之大的区别？那是因为境由心生，心态不同，所体察到的外部环境也会随之改变。

莲花从淤泥里长出来，亭亭玉立，高洁无比，并没有因为生长环境的污浊而同流合污。梅花在苦寒之中绽放，芳香四溢，沁人心脾，并没有因为寒冬腊月而隐藏躲避。仙人掌在沙漠中挺立，绿意盎然，生机无限，并没有因为干旱酷热而枯萎凋敝。在它们看来，没有困境，没有苦境，没有逆境，更没有绝境，在它们的眼里，唯有向阳而生，寻求不同的心境、意境，活出了自我和精彩。

唐代诗人高适面对"北风吹雁雪纷纷"，不是一脸愁情，而是"莫愁前路无知己，天下谁人不识君"。刘禹锡身居陋室，却心向桃源，在这里调素琴、阅金经，怪不得可以吟出"沉舟侧畔千帆过，病树前头万木春"的千古佳句。弘一法师皈依佛门，与春风对话，与夏蝉共歌，与秋虫争鸣，与冬雪同枕，在他的心中，佛门是圣地，更是桃源，在这里，他可以找到属于自己的那份清静、素雅与空灵。晋代陶渊明种豆南山下、夕露沾衣时的情境，没有压抑，没有失落，没有苦悲，没有惆怅，他找到了回归田园的那份自然、自由与自豪，心中的桃花源，开满十里桃花，写满千种风情，充满万般诗意。

经常听到有人对现实不满，认为自己投错胎、摸错门、走错路、嫁错郎、跟错人，他们满腹牢骚，满脸灰土，满心伤愁，或许在他们看来，世间没有桃花源，人生没有如意地。那么，你最好去看一下山谷里的幽兰，无人欣赏，无人争宠，却暗香浮动。你也可以去看看长在山石之间的松树，没人培育，无人照料，全靠天命，也全靠自己，却是那么挺拔与高洁。

心中若有桃花源，何处不是水云间？让我们忘却烦恼，忘却伤痛，卸掉世间所有的羁绊，手捧桃花，面向清风，拥抱阳光，追寻属于自己的绝美世界。

最美在朦胧

前一段时间,听朋友说,有人给他介绍对象,出于慎重,朋友对"准红娘"说,想要一张对方的生活照,以作参考。本以为对方肯定会将打扮最靓丽、拍得最清晰的照片寄送给他,没想到,收到的居然是一张朦胧照,他百思不得其解,以为对方想通过朦胧照来掩盖外表上的瑕疵。于是,他打电话问我,该如何是好,我便告诉他,寄朦胧照过来,肯定是一个懂生活、懂艺术的女孩,她追求的是一种让你看不懂、猜不透的神秘感与意境美。后来,有情人终成眷属,也证明我的推测是正确的,因为许多事物最美不在清晰,而在朦胧。

可能是年龄代沟的缘故,我非常不喜欢琼瑶的热播连续剧《还珠格格》,但却非常喜欢她所写的歌词《月朦胧鸟朦胧》,特别是"月朦胧,鸟朦胧,萤火照夜空。山朦胧,树朦胧,秋虫在呢哝。花朦胧,夜朦胧,晚风叩帘栊。灯朦胧,人朦胧,但愿同入梦"一段,光中有暗,暗中有光,静中有动,动中有静,将自然界中水光山色、花鸟虫人之间若隐若现般存在的美感,刻画得淋漓尽致,给人一种自在缠绵之感。

大自然之中,物与物之间的关系是融洽的,它们之间彼此相依，互为映照，绝妙无穷。没有夏蝉的鸣叫，何来柳树的垂绿；没有蜻蜓的翩跹，哪来荷花的美丽；没有云雾的缭绕，哪来山中的仙境……世间万物，本身就是一种巧妙的配搭，你中有我、我中有你，不相分离。无论是李煜的"数点雨声风约住，朦胧淡月云来去"，还是张耒的"深春冷落花残后，寒食朦胧月淡天"，朦胧月色之下，万物百态尽在其中，不得不为之慨叹。

在广袤天宇之间，人与物是同生共存的，它们之间彼此感应，相互观照。没有锄豆之人，何来南山之悠；没有春雨纷纷，何来清明之节；没有松间清泉，何来浣女归来……无论是崔颢的"日暮乡关何处是？烟波江上使人愁"，还是王之道的"透云斜日影朦胧，树杪依微少女风"，其间人物既是触景生情，又是景随情生，意境之美，溢于言表。

当然，世间最难打点的便是人与人之间的关系，因为江湖暗流涌动，世道变幻无穷；因为爱恨有加，所以难舍难分。有的人，爱得赤裸裸，恨得凶巴巴。有的人，口无遮拦，时而伤人，人际僵化。这些人，都是因为把世界看得过于清楚，活得太明白，求得太真切，过分自私与势利，由于没有余地，也便没了想象的空间。

其实，人与人交往与相处，也讲究朦朦胧胧，分寸得体，敬而不远，亲而亲昵，绕而不缠，思而不动，斗而不破，心照不宣，灵犀点通，相望却不相忘。生活需要讲究艺术，方能润物无声，春暖花开，因为最美在朦胧。

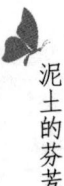

一扇百叶窗

大多数人家设有书房，因为待在这个相对狭小而静谧的空间里，可以远离喧嚣，可以博览群书，可以修身养性，可以放飞心灵。

书房，对于钟情阅读者而言，相当于一个书吧，可以饱览人类历史与整个世界。对于热衷放松身心者而言，相当于一个氧吧，可以让呼吸变得更加顺畅，让身心得到放松与愉悦。对于喜好舞蹈者而言，相当于一个舞蹈室，可以让思绪随着节奏摇曳，在过去与未来之间来回游荡。

与大多数人一样，我家也不例外，也专设了一间书房。我家的书房，窗户对着正南向，由于身处高楼，便可一览众屋小。如遇天晴之日，放眼望去，碧空如洗，远山似黛，悠云空浮，令人心旷神怡。如遇阴雨之日，举目远眺，云雾迷蒙，视野模糊，万物轻柔，令人心神迷茫。

为阻挡夏日阳光炎炎，便想到要在书房装上一副窗帘。当时觉得，如用布帘，看似高档，但缺乏灵动，无法让自己实现与外界进行细微的沟通与关联。于是，便想到了百叶窗，因为百叶窗不仅可以上下卷动，还可以在窗帘全落的情况下，通过调节每片窗叶之间的空隙，让光线摄入得到些许控制，也让室内之人与外界之物得以共处。

书房需要一扇百叶窗,其实,生命更需要一扇百叶窗。安装百叶窗,外看,是从物理层面让光线得到有效控制;内观,则是让生命得到繁衍生息、让人生变得更加丰厚之必备良方。

当你心情舒畅时,可以打开那扇百叶窗,与同事、朋友、家人共同分享幸福和喜悦。当你情绪压抑时,可以打开那扇百叶窗,与江河、大地、悠云共同承载沉重与忧伤。当你失魂落魄时,可以打开那扇百叶窗,与苍穹、星光、彩虹共同容纳冷寂与凄凉。

此时,不由想起宋代女词人李清照在雨疏风骤之后,借助卷帘之语,体察绿肥红瘦,感慨时光飞逝、芳容难留。人间悲寒,可谓一叶卷帘,尽情看透。

世事纷杂,尘土飞扬,千种风情,万般无奈。愿得春风吹万里,人面桃花相映红。如果要让自己活得阳光一些、悠然一些、洒脱一些,那就不妨给自己的心灵装上一扇百叶窗,让处境透绿,让内心透气,让生命透光。

收拾行囊再出发

人生旅途，短暂而漫长，需要整装待发，需要持之以恒，更需要停顿歇息。生命旅程不是直达车，中途有很多的停靠站、加油站和修理站，停靠是为了蓄势待发，加油是为了补充能量，修理是为了修复心绪。

行走人生，背负行囊，行囊中有压力、负担、累赘、牵挂，当然也有工具、水杯、雨伞、衣帽。为了顶住压力、减轻负担、排除阻障，必须选择匹配的工具，必须带上生命之泉，必须能够遮风挡雨，必须能够适应冷暖。只有精选行囊物件，才能顺利通过坎坷与磨难，才能不被压倒压垮，才能一路奔波却仍然精神焕发。

人生有得意之时，但是得意之后会有失意之时。当你得意时，可以像李白那样"人生得意须尽欢，莫使金樽空对月"，对酒狂歌，一醉方休。但待到酒醒之后，睁开惺忪之眼，你会发现黎明已经不期而至，新的一天已经开始，人生又将面临新的挑战与征程，于是收拾行囊，打开房门，去迎接看似确定但又极不确定的那一缕曙光。

人生有得势之际，但得势之后会有颓败之时。一人得道，鸡犬升天。当拥有权贵之后，有时可能会觉得飘飘然，有时会不知天高地厚，有时也会忘记起点与归途。但是，一旦失利之后，你也许会觉得人走茶凉，也许会觉得过于冷酷，便会发脾气、发牢骚，对天长叹，但静心一想，原来世事如常。于是，便又收拾行囊，知道人生无须太多指责，也无须过多捧场，清淡、清闲都将成为家常便饭。

　　由于顾虑太多，人生难免会失眠。由于风月有情，人生难免会失恋。由于竞争激烈，人生难免会失业。由于一不留神，人生难免会失态。但无论失眠、失恋、失业或失态，都无须太过纠结，因为这些都是世间的常态。

　　生命中的每一天，我们都会遇到这样或那样的问题，有的是惊喜，有的是烦恼，有的是成功，有的是失败，有的是鲜花，有的是乌云，有的是阳光，有的是冰雪，有的是生离，有的是死别……所有的一切，都是生命中的偶然，当然，也是生命中的必然。只要我们收拾行囊，重新找到起点，便会豁然开朗，坦然面对，泰然处之并怡然自得。

看懂了，便不再会茫然

近日，与同窗好友闲坐，淡淡的茶香，淡淡的青烟，淡淡的岁月，让我们不觉聊到了人生。好友问我："阿福，人生何时不茫然？"我对他说："一个人，如果懂得'四看'，便如同深秋的橘子，熟透之后，甘甜无比。人生也是这样，看懂了，便会不再茫然。"

一是要看远。生命短暂而漫长，只有看到远方与未来，放眼长远，望尽长安之路，才不会为眼前的失败、曲折、坎坷而黯然神伤，才能积聚不断前行的动力与能量。

二是要看清。世界清澈而混浊，只有看清生活的本质，不是为了金钱与地位，而是通过努力与拼搏，让生命变得更加丰厚，让精神变得更加富有。人生不在于是否到达终点，而在于沿途是否看到美丽的风景，只有这样，才会在每天清晨醒来时满屋开满鲜花。

三是要看淡。社会繁杂而迷离，只有看淡名利与得失，才能让自己活得更加潇洒与自如，不太在意就不会过度失意，因为没有欲望的束缚，我们的身心才会变得更加安宁，我们的状态才会回归自然。

四是要看空。岁月无情而有情，只有看空情欲与存在，才能超然于物外，才不会因纵情追欲而陷入围城，才不会因追求存在而变得自私自利，如果意识到"过一万年，我们都将是一粒灰尘，甚至连灰尘也找不到"，我们便会活得更加自如自在。

时光流淌，四季轮回。人生既要看到春花烂漫，还要看到夏荷亭立；既要看到秋果满枝，还要看到冬雪飘零。如果把人生当作一首赞歌，那就让我们把它唱得激昂而豪迈；如果把人生当作一首情歌，那就让我们把它唱得真挚而缠绵；如果把人生当作一首骊歌，那就让我们把它唱得悲壮而深沉。

江边一叶舟，天际一悠云。人生，看懂了，便会不再茫然。

才闻芭蕉绿，又听梧桐雨

春天未到，窗外便下起了毛毛细雨，细雨虽寒，但正是这雨的缠绵，让冬与春实现了无缝对接。回首刚刚走过的一年，方知人间百态，世事难料，岁月无常。生老病死，阴晴圆缺，喜怒哀乐，是非成败……所有的这些，都是人间常态，无须多疑，当然也无法逃避。

夜深人静，脑海里不由得浮现出四季轮回中的一幅幅画面，其中印象最深的莫过于青绿的芭蕉和寂寞的梧桐。因为这两种植物，常被历代文人当作意象，用来承载哀怨、愁伤、悲寒、清冷、孤寂之情。淡淡的愁思，冷冷的心绪，深深的念怀……都被释放出来，此时，方知触景生情、寄情于景、情随景生是多么高妙的艺术手法。

宋代词人蒋捷"流光容易把人抛，红了樱桃，绿了芭蕉"一词，将时光飞逝、岁月如流，用樱桃之红、芭蕉之绿点而叙之，实为奇妙，心头的愁绪随着时间的流逝而变得清远淡薄，入景出情，让人生境界变得更加平和舒曼。

诺贝尔奖获得者屠呦呦曾在获奖感言中写道："种下梧桐树，引得凤凰来。你若盛开，蝴蝶自来。"她将自我耕耘、自我提升的意义与价值表达得酣畅淋漓。人生就应该这样，不能以取悦别人为驱动，一味的奉承，一味的卑躬屈膝，只会让自己的灵魂变得无处安放。这里的梧桐树，代表的是自己的天地和自己的事业。想到此处，又觉得梧桐树并非只能代表走向悲寒与凄凉，同样，它也能播下种子与希望。

现代庭院景观中，许多人将芭蕉列入其中，不是因为它的"一叶才舒一叶生"，也不因为它的"叶叶心心，舒卷有余清"，更不是因为它寄托着无限的愁思与悲冷。而是因为时过境迁，因为物是人非，更因为它长得翠绿，绿得深透，绿得可爱，绿得让人情满心海。

当然，在现代庭院景观中，我好像未听说有人将梧桐列入其中的，不是因为它长得刚正不阿，也不是因为它独来独往，更不是因为它难以种植，而是因为"春风桃李花开夜，秋雨梧桐叶落时""高楼目尽欲黄昏，梧桐叶上潇潇雨""缺月挂疏桐，漏断人初静。谁见幽人独往来，缥缈孤鸿影"这些诗词所透露出来的阵阵凄凉与无限寒意，让人见物思迁，愁情断肠，甚至难以自拔与逃离。

为什么芭蕉在现代人的眼里，会变得充满生机与活力，而梧桐却依旧是那么凄冷与惆怅？也许是不同的时代，有不同的时间烙印；不同的岁月，有不同的生活理念。毕竟，现代化的生产与生活，已是今非昔比，穿越时空，已让苍穹辽阔变得满天星辰。

此时，耳边仿佛响起"来也匆匆，去也匆匆，就这样风雨兼程"的曲调，才闻芭蕉绿，又闻梧桐雨，人生的脚步，实在是走得太过匆忙，于是便觉"只要心神回归，便是岁月安好"。

不要让主观被所谓的客观所绑架

俗话说：人在江湖，身不由己。也就是说，当人的主观被所谓的客观条件所绑架之后，一定会做出一些违背初心本愿的事情。这句话说得有一定道理，但深思之后，觉得人生最终的决定权还是要操纵在自己手里，因为如果你真的有勇气、有眼光、有定力、有智慧，那么就不会被所谓的客观所绑架，就会活出精彩的自己。

红尘滚滚，世事纷杂。人生确实有许多的无奈。如果你在股市高杠杆配资操作，到了平仓线，你再怎么坚持，也会被强制平仓；如果你家境贫穷、地位卑微、相貌丑陋，那么将很难成为所谓的才子佳人；如果你没有背景，没有人脉资源，想找一份心仪的工作，真的难于上青天；也许你因为囊中羞涩，而无缘豪宅香车；也许你想出去旅游，而由于各种情况被迫取消行程……万般无奈，都因主观被所谓客观所绑架。

长在悬崖上的青竹，并没有因脚下贫瘠而忘却生长。开在冬天里的蜡梅，并没有因外界寒冷而暗淡无香。飘在空中的白云，并没有因为无人顾及而散落无影。北宋苏东坡挥笔自如，并没有因被贬荒夷而愁眉不展。东晋陶渊明锄豆南山下，并没有因失意官场而黯然神伤……人生中有太多的惆怅与迷离，关键在于你是否能从中自醒自悟，因为所有的一切，最终都将回归自然与平静。

人生时常在出世与入世之间苦苦挣扎，但不应在旋涡中渐渐沉沦消失。人的主观确实会受到客观条件的限制与束缚，但绝不能被所谓的客观所绑架。所谓的客观，其实是一种人为的设定，我们完全可以从这种设定里脱颖而出，活出精彩。如果我们不求一夜暴富，不求美女香车，不求青云直上，那么我们便会觉得：只要岁月静好，便会时光不老。

江湖夜雨一杯酒，古佛千年两盏灯。让我们在生活中不怨天尤人，不随波逐流，不奴颜婢膝，不阿谀奉承，不追名逐利，不找借口理由，这样，我们的主观就不会被所谓的客观所绑架，也将会使自己超然于物外，卓尔不群。

藏锋于鞘

最近，网络上流传着一则剑锋与剑鞘的对话，剑锋对剑鞘说："没有我，你永远没有存在的价值。"剑鞘对剑锋说："没有我，你将变得不再锋利。"初听所言，甚觉得理，剑鞘因剑锋而存在，剑锋因剑鞘而保持锐利，两者互存，彼此融合，可谓你中有我、我中有你，相依为命。

有的人，得势之后，便锋芒毕露，拔剑出鞘，毫无隐藏，但随着时光的流逝，抑或世流的侵蚀，也许是砍得多了，也许是因为氧化反应，也许让人嫉妒甚至愤恨，于是变钝了，生锈了，渐渐失去了昔日锋芒，被当作废铁，兑换成"孔方兄"，或被搁置一边，冷落于角落，甚至，再次被扔进炼炉，化作铁水，重塑来生。

近期，到一企业做客，与老板闲聊，因企业红火，便夸其经营有方、事业成功，没想到老板却反复强调，办好企业必须学会"低调做人，高调做事"，否则，便会自我感觉良好，飘飘然乃至得意忘形，从而招来狂风疾雨，让企业发展变得举步维艰。

当时，我在想，一个人从成长到成功，然后再从成功到成熟之后，可能便会成为一块鹅卵石，在激流中经过碰撞、敲击、冲刷后，失去棱角，没有个性，不再突兀，无复光彩，因为只有这样,才能避免在历史长河中粉身碎骨。

俗话说:人怕出名,猪怕壮。树大招风,倘若一个人名气大了,自然而然,得罪的人、猜测的人、忌妒的人、咒骂的人、仇恨的人,也就多了,若太张扬,则会声名扫地,财富尽失,乃至搭上自家小命。

纵观历史,三国时期的杨修,恃才放旷,数犯曹操大忌,最终命断黄泉。楚汉时期的韩信,骁勇善战,后因功高盖主,被萧何骗至宫中,让吕后一除为快,真是成也萧何,败也萧何。春秋时期的文种,没有范蠡远见,自认劳苦功高,权倾朝野,最终被越王以殉父之名赐剑自杀。

如果将做人当作佩剑与舞剑来说,首先,我们必须要善于磨砺,善于学习,保持奋进,不断积淀,才能厚积薄发,拥有与世竞争的才华与实力。同时,我们又必须善于将利剑藏于剑鞘,不轻易展示锋芒,不轻易卖弄才华,不轻易摆弄风骚,才能防止小人谗言、恶人凶语、仇人毒手。

倘若,有时双手发痒,真想展示两招,可以采用闭门的方式,自娱自乐,自享自醉。因为关上家门,便是藏锋于鞘。如今想来,那些侠客高手,为何不轻易亮剑,为何不轻易出手?不仅因为他们懂得人世过杂,还因为修行到家,从而懂得藏锋于鞘。

草稿纸

大凡读书人，都知道做数理化题目时需要用到草稿纸。于是，草稿纸便成了理科解题时的标配，当然，现代的文科也需要打草稿，可能草稿过后，心里更有确定性，答题的正确率自然也会提升。

最重要的是考试时，监考老师会给每位考生发一张草稿纸，遇到理科考试，有的考生一张纸不够，还要拿第二张、第三张，他们可以在上面尽情地作图、推理、运算、表述，而不必担心乱涂乱画给自己的成绩造成任何影响。以前考试，只交试卷，不交草稿纸，许多考生考试结束后，将草稿纸上的答案拿来跟参考答案作比对，马上就可以估算出自己大致的分数。现在的考试，需要同时交试卷、答题卷，还有草稿纸，据说，是为了方便有问题倒查时，可以找到所谓的蛛丝马迹。

闲暇时光，偶尔想写点儿文章，但凡要写得好一点儿，都需打草稿，也需要草稿纸，只是现在的草稿纸大多变成了电子版的，而不是纸质的了。每当初作完成之时，我便把它发送到妻子微信上，让她阅读并提出修改意见，妻子的微信成了我试错、容错、纠错的一个平台，因为她不在乎丈夫的文采有多好，也不在乎丈夫的水平有多高，即使写得再差，也会耐着性子反复阅读，并细心地提出建议。

　　生活中，我们有许多事情，需要打草稿，也就是所谓的尝试，但尝试需要一个平台，而这个平台就是草稿纸。也许，妻子已经成为我生命中的一张草稿纸，我可以在上面随意地挥毫泼墨，也可以在那里寻找人间真情与生命真谛。

　　这张草稿纸，需要有宽阔的胸怀，可以让对方纵横万里；需要有佛祖的包容，可以容纳对方的缺点与不足；也需要有敏锐的眼光，可以不断地指出并修改对方存在的问题。

　　真正称得上草稿纸的，也许，是妻子，因为朝夕相处，心息相通，所以相互珍惜，并彼此包容。也许，是父母，因为父爱如山，母爱似水，所以从不吝啬，并倾情以付。也许，是良师益友，因为千金易寻，而知音难觅，所以毫无保留，并和盘托出。还有我们那亲近的大自然，因为它无私无畏，无欲无求，所以无所顾忌，且无所不容。

　　人生需要打草稿，草稿可以是规划，可以是预设，可以是纵情放歌，也可以是精心预算，目的都是让自己变得更加成功与出彩。当然，成功的背后，是那张不离不弃的草稿纸，给予你充分想象的空间。出彩的背后，是那张形影相随的草稿纸，给予你满满的信心和神奇的力量。

春风不识杨柳君

春天来了,和风吹送,细雨蒙蒙,万物复苏。杨柳问春风:"为何按时赴约却不打招呼?难道我们这么多年的交情,就不值一提吗?"春风没有回答,依旧行走在空旷的大地上,真是无情乃至绝情。

吹面不寒杨柳风,没有春风的吹拂,柳树将无人唤醒,不能吐出嫩绿的新芽,也就不能向世人展现潇洒而曼妙的身姿。每年的周而复始,每年的雷打不动,每年的亲切抚摸,春风都不露声色,润物无声,不事张扬,这就是她的无私与纯朴,不求回报,不图感恩,只是默默前行,只是温暖相拥,只是为了让世界变得更加美丽。

等闲识得东风面,万紫千红总是春。不是春风不识杨柳,而是因为春风滋润的万物实在是太多了,她无暇顾及,更无时回应。春风可能听到了杨柳的问候,但天底下有太多的杨柳,需要她的温润与滋养,于是,干脆装作陌生,权当匆匆过客。我们生活的大地,绵绵的春雨,甘甜的秋露,和煦的阳光,醉人的晚霞,皑皑的白雪……这些与我们朝夕相处的万事万物,由于太过熟悉而变得形同陌生。人生在世,有时确实这样,我们周围的空气,我们身边所有爱着我们的亲人与朋友……他们无处不在，十分重要，但我们都因为他们随处可见而忽略了他们，以至于没有感到他们的真实存在。

春风不识杨柳，是杨柳的多情和痴情遇到了春风的无情与绝情吗？不是的，杨柳觉得春风是温暖使者，是让自己开启新一轮生命旅程的启蒙老师，应该感动、感谢、感激、感恩，应该主动迎接，应该及时召唤，其所有的表现均在情理之中。生活中，我们对养育、支持、帮助、包容我们的对象，是否也应该像杨柳一样，主动联系，主动牵手，主动回报？感谢上苍给予我们的一切，没有这些的相依相伴，我们都将孤身一人，我们都将处于游离状态，难以找到心灵的归宿。

春风不识字，为何乱翻书？历史的车轮滚滚向前，留在春风里的记忆实在太多，有些片段稍纵即逝，有些章节经久难忘。春风里有泥土的气息，更有岁月的印痕。春风里有桃李的滋味，更有激荡的心怀。春风里有浪漫的色调，更有现实的迷茫。无论如何诠释，都难以言尽春风所包容的深度内涵。

人若生得桃花面，何愁无处不春风。"轻轻敲醒沉睡的心灵，慢慢张开你的眼睛，看看忙碌的世界，是否依然孤独地转个不停？春风不解风情，吹动少年的心，让昨日脸上的泪痕，随记忆风干了……唱出你的热情，伸出你双手，让我拥抱着你的梦，让我拥有你真心的面孔。让我们的笑容，充满着青春的骄傲，为明天献出虔诚的祈祷。"携手春风，拥抱世界，内心一定能够变得十分宁静而温暖。

春风不问杨柳，杨柳依念春风，莫道人间无情处，天涯皆是芳草路。青山依旧在，最美夕阳红。回望来时路，人已不少年。醉在春风恼人处，希望常来与君住。

纯味与火锅

我这个人爱好太多,文学、音乐、园林、经商……都有所涉足,但真正做得精通拿得出手的却一样也没有。仔细一想,人生好比烹饪,大凡有所成就之后,做的是纯味,要么是东坡肉烧得好,要么是盐水鸭卤得好,要么是叫花鸡煨得好……他们的共同点,就是专注、深邃、细腻,有品质、有品位、有品牌,而我呢,相当于火锅,什么料都往里放,加入油盐酱醋,一通加热,沸腾之后,咸味十足,但却难以细说出是什么味道来。

记得上初中时,姐姐因为五元钱的学费,便辍学在家,卖瓜子、花生、苹果成了她的谋生之道,当时,也确实给这个贫寒之家贴补了一些家用。那时,我只记得放寒假时,由于临近春节,家家户户都要买点儿年货,大家买得最多的就是香花生与瓜子,于是,我便与姐姐拉着两轮车,装上四五百斤年货,到附近集市去赶集,早上出发,下午回家,每斤瓜子或花生可以赚几角钱,一天下来,便可以赚到四五十元钱。于是,我便觉得经商可以赚钱,对经商也有了兴趣。在二十岁那年,我与堂兄合伙,到江西玉山去贩卖西瓜,但运气不佳,正逢那年原本酷热的夏天却连着半个月阴雨连绵,气温较低,眼看一车西瓜就这样一个个烂掉,不得已就以一元一个的价格卖出,后来,实在卖不动,就拿来喂猪,以至于当时我家猪圈里的猪后来看见西瓜都无动于衷了。最终,我们以亏了几百元钱而尴尬收场。当时,我们开了一句玩笑:当我们卖面粉时,却遇刮大风;当我们卖盐时,却遇盐生虫;当我们卖西瓜时,却要穿棉袄。不过,这次经历也让我们知晓,采购西瓜,必须到瓜地现场采摘,不能到街头去笼统收购,否则无法保证新鲜度。同时,做生意赚钱还需老天相助。

二十世纪八十年代,我刚入学师范,根据学校的要求,每位同学必须在音乐、美术、体育三门课程中选修一门。出于好奇和喜爱,我选修了音乐,并且对钢琴很感兴趣,迅速将《琴法》第一、二册弹奏过关,并开始练习《献给爱丽丝》《晓风之舞》等独奏曲,没想到欲速则不达,每遇到高难度,便举步维艰。而我的师兄,一开始在练习《哈农练指法》,便注重基本功的训练,后来他所弹奏的《牧童短笛》《晓风之舞》就非常美妙。所以说,我觉得做任何事情,都必须从基础、基层、基本做起,正如达·芬奇那样,从画鸡蛋开始最终成为国际大师,留下传世之作《蒙娜丽莎》。

我在参加工作期间,大多数时候教的是语文,在茶余饭后,便提笔消遣,写了几首诗,也为所在学校写了几副对联,并将与竹有关的古诗句用彩绘形式刻写在学校两侧的围墙上。当初,十分得意,觉得自己用文字提升校园文化已经达到炉火纯青之境。后来,在游览祖国大好河山,看到名家大作之后,方才觉得山外有山、天外有天、人外有人,才感知自己才疏学浅,像是一只井底之蛙,哪知外面天高地远。

由于家妻是农村户口,有半亩良田,当时经人家一说,种植苗木可以赚钱,于是从金华采购桂花小苗和无患子、乐昌含笑的种子,开始体验"采菊东篱下"的田园生活。可是好景不长,每年栽种的各种支出却让自己亏得一塌糊涂。因为种植的密度太高,所以我家的苗木都长成一根根"电线杆",冠幅小,既不值钱,也很难售出。于是,我又低价转让给了一位朋友,方才歇了口气。虽说"三百六十行,行行出状元",但其实,每行都有技巧,都有诀窍,并不是每个人都能精于此道。

想想过往,觉得自己仿佛什么都知道,但又什么都不知道。因为都是浅尝辄止,都是略知一二,缺乏静心沉气,没有摸索探究,便没有多大收获。正如烹饪一样,人家烧的是地道,烧的是纯味,而我炖的是火锅,是大杂烩,看似五味俱全,实则没有拿手菜或看家本领。人可以爱好广泛,但不能喜新厌旧,频换赛道,更不能一知半解,只有爱上一行,深入一行,才能精通一行,并在这一行混得如鱼得水、风生水起。

冬日悟场

窗底下的蜡梅花又静静绽放,像是在呼唤春天的到来,显得格外惊艳迷人。一个人静坐书房,泡一杯咖啡,沉醉于《听闻远方有你》,甚觉此曲旋律优美,画面感强,与去年流行的《可可托海的牧羊人》有异曲同工之妙。前者是追逐,后者是等待。前者道尽了浪漫爱情对人生的诱惑,以至于让人随风相依、不舍分离;后者完美地表达了痴心爱情对生命的牵引,以至于让人苦苦相守、静候佳音。

我不觉沉思,为什么这两首歌会一下子红遍大江南北,走进街头巷尾,难道心灵的碰撞可以使两个人生死相守、永不别离,难道爱情的光芒可以使岁月变得如此富有诗情画意?后来想想,人世间,无论是情场、官场、商场、战场还是考场,其间都有一股神秘的力量,吸引着参与者,甚至旁观者,使他们前赴后继,展现自己,释放自己,燃烧自己,并且无怨无悔。

人为什么站在地球表面不会自然地飘起来,月球为什么会绕着地球转,地球为什么会绕着太阳转?这些都是磁场惹的"祸"。宇宙尚且如此,人生、社会自然也一样。

有人向往官场,是因为官场中的名利、地位、权势具有相当大的吸引力，职位高人一等，前呼后拥，可以让身处其位之人，有一种优越感、成就感与收获感。有人身处商场，是因为金钱、财富具有相当大的吸引力，可以让他们不分昼夜、四方奔走，有时为了迎合客户的需求，不惜忍声吞气、卑躬屈膝。有人向往战场，因为战争可以让他们一展雄风、血气张扬，如果打败对手，便可以封功行赏、一战成名。有人向往赌场，因为只要下准赌注，便可以让身价百倍。有人向往考场，因为寒窗苦读确实可以让人远离贫穷与苦寒。

无论是身入官场，还是投身商场；无论是战死沙场，还是迷恋赌场；无论是痴迷情场，还是苦战考场，都是因为其间充满诱惑，大家都想搏一把来改变自己的命运。

回归现实，许多人一天到晚，都在辗转于各种不同的场所。于是，他们没有了心灵的安顿与生活的恬淡，没有了人性的修炼与道德的光芒。

渡人不如渡己

俗话说：授人以鱼，不如授人以渔。给鱼，只能解决暂时的饥饿，而教给捕鱼的方法，则是解决饥饿问题的长久之计。但很多人，他们需要的不是谋生与发展的方法，而是暂时的满足与快乐。

前两天，遇到一位农技出身的老朋友给我讲了一个故事，说隔壁有一位穷汉，家里有五亩山地，适合种油茶或茶叶，于是，朋友便主动提出教这位穷汉种植油茶或茶叶的技术，以便让他早日脱贫致富。可这位穷汉对农业技术根本不感兴趣，回了我朋友一句："我干吗要那么累？如果我学习了相关技术，种植油茶或茶叶，有了经济收入，那国家每年给我的特困补助不就没了吗？"想想好笑又可气，一个健壮的劳动力，居然将享受国家特困补助当作了唯一依托与荣耀。

有时，我们觉得通过牺牲自己的利益，让他人得到一些好处，便可以得到认同与赞赏，但大多时候事与愿违，换来的是对方毫不领情甚至冷嘲热讽。有时，我们想改变一个人的现状，伸出援助之手，帮助他走出困境，但人家却不理不睬，最终的结局只能是越陷越深或穷困潦倒，因为他根本不想也不可能按照你的套路出牌。

俗话说：江山易改，本性难移。一个人想改变他人，确实很难。有时，我们想以自己为表率，感动并带动别人沿着自己的脚印一路同行，后来却发现，别人有自己的规划，有自己的路径，有自己的节奏，有属于自己的足迹。

渡人有时是急人所急，但也会乘人之危，或强人所难，当然，有时也会力不从心。一味地追求帮助、解脱他人，最后受伤的可能是自己。苦苦哀求，有时并不会换来同情。谆谆教诲，有时并不会带来谅解与感恩。殷殷期盼，有时带来的更多是失望与绝望。以他人为中心的运行法则，往往会失去自我的存在与价值。以他人为中心的行走方式，往往会迷失与沦陷自我。

渡人不如渡己。因为渡人的前提是渡己，要引领、帮扶、超度他人，必须刀刃向内，进行自我革命。必须咬定青山，完成自我超越。必须折翅断翼，实现自我蜕变。渡人首先要学会渡己，要让他人认可、支持，需要自己不断地学习、修炼与提升，只有内化于心，才能外化于人。

渡人不如渡己。唯有自身的强大，才能让定力更坚、引力更大、魄力更强、魅力更足、张力更宽，也才能让自己行走于天地之间而不至于万般疲惫。

上山时，不要忘了下山的路

如果把人生的整个历程比作登山，把生命的前半程比作上山，后半程比作下山，那么我们在上山时，千万不要忘了下山的路。否则，我们即使登顶，但所面临的结局可能是"黄鹤一去不复返"，所赢得的评价可能是"喝水已忘挖井人"，所尝到的味道可能是"世间负累无人知"。

上山时，不要忘了下山的路，正所谓"上山容易下山难"，很多人认为人生就应该不断地攀登，可直至登顶才发现，下山是多么艰难。下山时体力已经有所不支，精神已经有所懈怠，脚步已经不够稳健，能否顺利回到出发之处，变得像个未知数。

上山时，不要忘了下山的路，是因为做人不能忘记初心本愿，应该明白"我们从哪里来，又将到哪里去"。如果忘记了上山时的目标，忘记了攀登时的劳苦，忘记了曾经走过的足迹，忘记了曾经养育自己的那一方水土，那么，我们的登顶将会变得一文不值。伟大的无产阶级革命家列宁曾说过："忘记过去，就意味着背叛。"这句话，对一个国家、一个民族或某一生命个体，都是至理之言。

上山时，不要忘了下山的路，是因为"防止有去无回"。云南哀牢山四名地质人员在勘探过程中不幸遇难，说明人生旅程有时必须要有双重备份，既可以执着前行，也可以知难而退，不能为了所谓的目标或任务做无谓的牺牲，因为此举无非给世人带来的是疑惑或遗憾。

人世间有太多的路，需要懂得前行，更需要懂得后退。不能像中国象棋里面的"卒"，只能前进或平移，而不能后退。要像"车"，可直来直去，也可以进退自如。人生历程，既要看到前程似锦，更要看到茫茫归途。无论是求学之路、为官之道、经商之谋略，都应该懂得知足常乐、知难而退。因为待到山花烂漫时，你可能才会明白：原来归途比前行更加重要。

第三部分 世事有常

人生无意须尽欢　莫使黄花空对月

周末清晨，在妻子的一再催促之下，睁开惺忪的双眼，穿上运动鞋服，迈开渐老的双腿，踏上去毛氏祖居地——清漾村的网红之路。只见路旁一地黄花，争奇斗艳，妩媚动人。微风轻拂，草木间散发出阵阵清香，扑面而来，不知是当天心情特好，还是刚吸入的空气含氧量较高，步态逐渐变得轻盈起来，仿佛置身于皇家园林，又宛如游走于人间仙境。

一地黄花居然具有如此魅力，可以提神聚气，令人心旷神怡。走在乡间的路上，蓝天白云、绿野碧树、红霞黑土、远山近水……都是那么的亲切，那么的迷人。虽无牧童，亦无短笛，但思绪却在晨风中飞扬，人间多少惆怅与流浪，都因一地黄花而变得风姿摇曳。

走着走着，不由想起"黄花闺女"一词，古有未婚之女"贴花黄"，该词便成了妙龄女性之代名词，貌如黄花，青春焕发，香气逼人，亭亭玉立，风韵独具。为博一片芳心，多少男人为之献殷勤、献财、献媚甚至献身，怪不得"爱江山更爱美人"之曲虽时过境迁，但依然不时回荡。

又忽想起李清照所言"莫道不销魂，帘卷西风，人比黄花瘦"，黄花清瘦，弱不禁风，词人冷遇秋风，处境凄凉，憔悴无力，堪比"黄花"，那种孤独、寂寥之情，深藏心间，但又溢于言表，至今令人肝肠寸断。

江山大美，来之不易，清漾又是一代伟人毛泽东的祖居地，于是便忆伟人之作《采桑子》：人生易老天难老，岁岁重阳。今又重阳，战地黄花分外香。一年一度秋风劲，不似春光。胜似春光，寥廓江天万里霜。面对逆境、困境、穷境，字里行间，没有埋怨，没有失落，没有退缩，只有乐观、信心与希望，尽显豪迈、激昂，有"与天斗、与地斗、与人斗"的其乐无穷，那种博大的胸襟、邃远的目光、辩证的思想，真的是常人难以想象。

忽见黄花吐，方知素节回。遥望远方山峦，脑海之中又仿佛掠过清明或重阳祭拜先祖之场景，只见众人手执黄花，有的是一枝，有的是一捧。他们的表情有的是肃穆，有的是嬉笑。肃穆是因为缅怀，因为沉痛；嬉笑是因为觉得人生无非如此轮回，又何必忧伤于怀。过完清明或重阳，诸多墓前便摆满了各种黄白之花，有真花，如菊花，包括金盏菊、波斯菊、万寿菊、金光菊等；有假花，用布片制作而成，只有艳丽，但毫无生气，只是所谓的盛开时间会更长一些罢了。

傍水随坡独自芬，花开小小亦欣欣。春风正织斑斓处，许我人间添一分。不知不觉，回望来时之路，黄花点点，淡云悠悠，充满已知与未知。已知的是岁月青葱但人将老去，未知的是明天又将何去何从。人世间有太多的定数与变数，确定的是所有的现在都将成为过往，不确定的是青藏高原上的格桑花是否依然美丽绽放。

宋代杨万里曾写道"已晚相逢半山碧，便忙也折一枝黄"，于是，便应景应情，随手摘下黄花一朵，扔进淙淙小溪。此时，方觉人生无非如此，何必太过在意与纠结？只需随波逐流，便能让心灵得到最好安放。

人生本无意，只因得意而"一日看尽长安花"，只因失意而"东风无力百花残"，只因豪意而"直挂云帆济沧海"，只因在意而"劝君更尽一杯酒"，只因留意而"淡妆浓抹总相宜"。

"人生无意须尽欢，莫使黄花空对月。"生命的最高境界是无意而不在意，有意而不刻意，随意而不故意，留意而不恶意。笑对生活，享受当下，不负黄花，拥抱蓝天，唯有这样，才能让星空变得更加皎洁璀璨。

火　候

在我的记忆中，妈妈一直是一个酿酒能手，每年的农历十月初十，她都在施展技艺。妈妈酿酒，从浸米、淘米、蒸米、下醇、冲水、酝酿，每一环节，无论时间，还是分量，都能拿捏得恰到好处，正得火候。虽然，妈妈从未进过一天学堂，也从未拜师学艺，但家里那一缸米酒经她之手便会变得醇香地道。

几户邻居也有酿酒，她们虽然读过几年书，也请教过许多酿酒高手，但始终酿不出妈妈的那种味道。酒不是淡了，就是酸涩，变得难以入口。我问妈妈："是什么原因让你的酿酒技术如此之高？"而妈妈只说道："酿酒贵在掌握火候。"

其实，人生犹如酿酒，必须掌握火候。植物播种时需要合适的季节，只有合适的气温、水分与光照，才能促进植物更好地生长。烧菜时需要掌握火候，油盐酱醋都必须放得恰到好处，何时需要旺火，何时需要温火，都得讲究科学与艺术，否则，将很难烧成美味佳肴。果实采摘时，需要把握时机，早摘了会甜分不足，迟采了会瓜烂田头。泡茶时，需要掌握火候，时间太长，便无清新之味，时间太短，便无醇香可口。

机不可失，时不再来。人生需要经营，经营必须抓住火候，否则，将会错过发展机会，与成功失之交臂。有的人，由于没有把握机会，该买房时没买房，结果让自己终生成为房奴。有的人，由于没有适时买进或卖出股票，结果让短线变成了长线，甚至亏得一败涂地。做企业，如果没有及时把握政策与行业发展方向，盲目投资与经营，最终会因产品或服务没有销路而倒闭破产。有的人，因为善于把握火候，所以在官场能混得风生水起，甚至是青云直上。有的人，因为有自知之明，所以在困境、逆境时能够实现全身而退。有的人，不自量力，所以在旅途中撞得头破血流或身败名裂。

人生需要规划，更需要智慧。有些事，太刻意，会让你的希望值越大，失望值越高。有些事，太勉强，会让你心力交瘁，百般忧愁。有些事，太保守，会让你思前想后，最终花落他家，一事无成。有些事，太急躁，会让你每天都像得了重感冒。有些事，太武断草率，会让你追悔莫及，身家难保。

人生没有彩排，所有的经历都是现场直播，因此必须把握火候。有些事不能回头再干，有些事不能推倒重来。机会总是给有准备的人，要想成功，需要未雨绸缪，更需要把握火候，否则，将很难水到渠成、功成名就。

眉目之间

"读你千遍也不厌倦,读你的感觉像春天。喜悦的经典,美丽的句点,唔……你的眉目之间,锁着我的爱怜,你的唇齿之间,留着我的誓言……",无论是原唱蔡琴,还是翻唱费翔,都将岁月唱成一杯美酒,越是久远,越是香醇,里面既有丝丝的浪漫,也有淡淡的感伤。

经常听人说,人与人相处,必须有眼缘。若有,便可一见钟情;若无,则是视若无睹。作为眼睛的重要点缀——眉毛,在其之间更有不可或缺的效用。人与人之间的交往,往往体现在眉宇之间。看到可爱之人,便觉眉清目秀;看到可敬之人,便觉慈眉善目。相互爱慕之人,眉来眼去,暗送秋波。遭遇喜事之时,扬眉吐气,气宇非凡。谈到风生水起处,眉飞色舞,如痴如醉。

眉宇之间,风情万种。温庭筠的"懒起画蛾眉,弄妆梳洗迟",尽显女主人惆怅倦怠、孤独寂寞之感。宋元禧的"湖光照侬双画眉,鬓边照见一茎丝",体现主人公的清澈秀丽、思亲恋故之情。纳兰性德的"湔裙梦断续应难,西风多少恨,吹不散眉弯",突出诗人寄情西风、无限忧郁之愁。徐惠的"柳叶眉间发,桃花脸上生",将主人公轻盈之态、倾城之貌刻画得淋漓尽致。苏轼的"世事一场大梦,人生几度秋凉。夜来风叶已鸣廊。看取眉头鬓上",将人生如梦、秋凉相伴、岁月无情的意境,展现得一览无余。

每个人的眉毛,与生俱来,不论善恶,无可选择,都是父母基因传递的外在表现。对于眉毛,大多数男人,毫不在乎,只需清爽而已。而大多数女性,则非常在意,除了要描眉画眼之外,还十分讲究眉形眉色。明明是淡眉,却要画上浓浓的一笔。明明是疏眉,却要填充得十分浓密。明明是短眉,却要勾上几笔,让其变得细长而有韵致。有时,我们都觉得每天的梳妆打扮,实在太过烦琐,但对于女性来说,女为悦己者容,哪怕花费再多的时间,也在所不惜。

白居易在《长恨歌》中写道"回眸一笑百媚生,六宫粉黛无颜色",可见杨贵妃的眉眼是多么千娇百丽,多么楚楚动人,多么具有诱惑力,难怪唐明皇李隆基因其容貌身陷其中、难以自拔。

重眉者,浓密深重,阳光果断。淡眉者,细腻温柔,更具亲和;横眉者,千夫所指,冷酷异常;竖眉者,百般沉稳,坚定自信;蛾眉者,纯洁美丽,出尘脱俗;柳眉者,细长秀美,婷娜多姿;慈眉者,心地善良,温和恬静;寿眉者,血气旺盛,体魄康健。可谓种类繁多,形态各异,各表其里,尽展其态。

人间百态,眉目之间。人生如酒,不求十里飘香,但求留有余味。人生如茶,不求芳香浓郁,但求沉浮自如。生命如画,不求浓墨重彩,但求风轻云淡。生命如歌,不求缠绵动听,但求荡气回肠。

人生像个道场

近闻一曲《来人间走个过场》，其间道尽人间无限感慨：无论谁来到这个世上，无非就是走个过场；无论奔着何种追求与愿望，都一样要历经寒来暑往；无论多少平凡与光荣，都一样乘坐在返程的列车上；直到后来，面对所有的过往，一切的一切，都只能寄托于那轮皎洁的明月。

人生确实像个道场，这个道场不仅有酒茶菜饭，而且饱含喜怒哀乐，充斥着尔虞我诈，映射刀光剑影，遍地叶落花黄……有多少人为了所谓的生活而活得汗流浃背，有多少人为了明日的出发而满含热泪，又有多少人为了不懈的战斗而遍体鳞伤。

人生这个道场，深邃而曼妙，许多人在还没有活够与看透时，便已悄然离世。在这段充满神奇的旅程中，往往会经历四个不同阶段。

首先是闻道。那就是经常听说宇宙辽阔，在这个无垠的世界里又有诸多自然的规律、绝美的风景、神奇的传说、动听的故事、优美的旋律，当然，还有苦苦的守候、不懈的追求、成功的喜悦和失落的忧伤。初入世时，常常洗耳倾听大家之论，对吟晚霞，陶醉书林。如阅李叔同"长亭外，古道边，芳草碧连天。晚风拂柳笛声残，夕阳山外山。人生难得是欢聚，惟有别离多"，便知人间万象无不含情脉脉，难得相聚，纵多别离，便觉人生在世，草木有情，实属不易。

其次是求道。道场之道充满诱惑，于是便去苦苦追求，哪怕走遍千山万水，历尽千辛万苦，想尽千方百计，道尽千言万语，甚至遭受千刀万剐，也是在所不辞。春蚕结茧，蜡炬成灰，每天奔着所谓的碎银几两或诗和远方，而在那里上下求索，不断历练，走向成熟。

再次是得道。由于不断追寻，便会偶有所得，一块银圆，一张文凭，一份荣誉，一声喝彩，一片掌声……苏轼久涉官场，便觉高处不胜寒。杜甫登高泰山，便觉一览众山小。所谓的得道，有时是物质的收获，有时是精神的富足，但更多的是看透了事物的本质，明白了人生的真谛，参悟了所谓的真理。

最后是忘道。读万卷书，行万里路，阅人无数之后，方知人间就是这么一回事，无须太多的牵挂，也无须太多的累赘。隐者陶渊明"种豆南山下，草盛豆苗稀"，看透人世，回归田园，忘记世道，悠然自乐。龚自珍"落红不是无情物，化作春泥更护花"，更是悟出人世离别、各在天涯、别有悲情，难得自慰自抚，便觉人间之事，无非如此，悲欢离合，均为常态，不足为念，因为上天自有安排。

因为无知，所以时常听书闻道。因为有道，所以时常苦苦追求。因为得道，所以时常挥斥方遒。因为忘道，所以时常无愁无忧。

山为琵琶水为弦

清晨，打开抖音，一则视频悄然跃入眼帘，"心中若有桃花源，采菊何须见南山。清风明月与我共，山为琵琶水为弦。一壶老酒邀君饮，酒罢歌余花下眠。繁花似锦云烟尽，云卷云舒风月闲"，寥寥数语，诗酒人生，悠闲自如，全纳其中。

山为琵琶水为弦，体现的是一种格局，可以包容万物，仰望天空，也可以俯视大地。在拥有这种格局的人眼里，没有什么是多余的，也没有什么是碍眼的，更没有什么是值得痛恨的，仿佛世上所有的一切，都是自然的构成。

山为琵琶水为弦，体现的是一种境界，可以难得糊涂，可以自得其乐，也可以沉醉不醒。在拥有这种境界的人眼里，没有什么是压迫的，没有什么是被动的，更没有什么是值得抱怨的，仿佛世上所有的一切，都是上苍的恩赐。

山为琵琶水为弦，体现的是一种追求，可以孜孜不倦，可以飞蛾扑火，也可以梦寐以求。在拥有这种追求的人眼里，没有什么是艰难的，没有什么是险阻的，更没有什么是值得退却的，仿佛沿途所有的风景，都是前行的伴侣，都是归宿的必经之路。

山为琵琶水为弦，体现的是一种眼光，可以一览众山，可以遥望烟云，也可以明察秋毫。在拥有这种眼光的人眼里，没有什么是耀眼的，没有什么是苍白的，更没有什么是值得哭泣的，仿佛天地宇宙间所有的一切，都是多彩的笔墨，都是丹青的所拥有之色。

山为琵琶水为弦。世界上哪里有如此大型的乐器？那是心中概念性的东西，虚无缥缈，但又无处不在，看似有形，实则无形，听似有声，实则无声。天地间，又有谁能够演奏如此大型的乐器？只有用心去演绎，用情去弹奏，才能山水相拥、风月有情。

吕尚钓鱼，直钩无饵，离水三尺，钓的不是鱼，钓的是与众不同，钓的是一种意境，钓的是静待重用。人生有时也应有这种心态，不必在乎，若无其事，但又静待花开、水到渠成。醉翁之意不在酒，在乎山水之间也。

想想人生，看看自己，也觉得确实是这样。只要心胸开阔、坦率无私，哪有什么装不下的恩恩怨怨，哪有什么挺不过去的风风雨雨？往事如烟，旧昔如云，回首望去，所有的过往都是一曲曲美妙的乐章，只不过有的热烈，有的悲壮，有的凄美，有的低沉，但都符合历史的必然与时代的旋律，当中虽有纠结，但事后都会释然，虽有牵挂，但最后都会放手，虽有潮起，但最后都会回归原点。

山为琵琶水为弦，言为志趣心为曲。我们既是人生之曲的演奏者，更是生命之歌的欣赏者。让我们开怀歌唱，去演绎那属于自己的不老情怀。

谈假论真

阳台、窗台、茶几、花架上面，种养一些绿植，摆放一些盆景，可以给生活增添无限的生机与活力。自从搬入新家后，那茉莉花、兰花的淡淡清香，那绿萝、夏威夷绿植的浓浓绿色，那三角梅、一串红的深深亮丽，都令人沉醉其中。直到有一天，发现花架上的绿萝，由于养护不周，根烂叶枯，不久便被妻子换掉了。新换上的是一束仿真插花，因为是假的，开始我特别反对，觉得不是真植物，就谈不上高雅，也就没了生趣。

自从那之后，每次回家，打开房门，映入眼帘的就是这一束仿真插花，花朵全部都是黄色，只是每枝疏密搭配，错落有致，不知是日久生情，还是恍然大悟，发现假花同样可以赏心悦目，同样可以有艺术的情趣。

想想人流如海，熙熙攘攘，大千世界，色彩斑斓。有人因为年纪大了，头发白了，甚至头发掉光了，于是戴上一顶假发，以求样貌不老。有人到了耄耋之年，牙齿脱落，于是戴上一副假牙，以求细咽慢嚼。有人因四肢功能丧失，于是，装上假肢，以求行动自如。有人为了安抚别人，故意编了故事，制造假象，以求他人宽慰。原来，假的东西，可以给人带来年轻漂亮、生机活力和温情满满，可以让人找到遗憾之后的替代与寄托，弥补缺失之后所带来的失落、颓废、痛苦与迷茫。

人们常说，人活在世，只为求真。这里的真，指的是真情、真理、真谛，而不局限于真的物理存在。世界上很多人都痛恨假，这里的假，指的是假账、假摔、假烟、假酒、假情、假义，因为这些假，是一种隐瞒，是一种欺骗，更是一种伤害。可是，他们并不知道，世界上还有一种假，如假牙、假发、假肢、假象、假花，可以让这个世界更加绚丽多彩，可以让人性光芒更加耀眼璀璨。

人生在世，需要纯真，需要本真，需要求真，但有时也需要有求假的艺术，特别是，当很多本真的东西，随着岁月一去不复返，永远再也找不到的时候，我们可以找一些替代品，重温曾经拥有的真味道，活出属于自己的真境界。

有时，美丽的谎言，背后充满的是对生活的热爱；有时，温柔的陷阱，背后深藏着的是对生命的求解。如果说，真是一种追求，是一种境界。那么，在失真之后，有时，假是一种艺术，更是一种智慧。

"五镜"同行

人生之路，既漫长又短暂，既复杂又单纯，既温厚又凉薄，如何让自己行走于从容，微笑于坦然，思考于深沉，绽放于灿烂，是每个人都值得深思的问题，当然，我也不例外。回顾风雨历程，更觉眼光、格局、理念会影响思维方式、生活品位和事业成就，如果能带上"五镜"，也许会让你的人生更加精彩。

一要带上望远镜。欲穷千里目，更上一层楼。站得高，才能看得远；看得远，才能行得稳。做人不能鼠目寸光，不能只顾眼前，不能急功近利，应放眼长远，因为眼前的花草只会使人双眼迷离，远方的美景才会令人终生难忘。

二要带上显微镜。万物皆有本源，万事均有本质。只有用科学的眼光，审视的态度，慎微的理念，才能看到事物最基本的构成、最微小的元素、最核心的奥秘，才会掌握事物最本质的特点和规律，才能顺其道而为之，才能看到问题的症结所在，从而找到最佳的解决路径和方法。

三要带上放大镜。我们要善于放大自己的优势与长处，做自己最喜欢、最擅长的事，让雄鹰在长空翱翔，让骏马在草原奔腾，让蜂蝶在花丛飞舞，让生命之花尽情绽放。同时，还要善于放大自己的短板与缺漏，看得更清楚，有效避免重复错误，防止深陷泥潭而难以自拔，防止痛苦煎熬但又劳无所获。

四要带上平面镜。以铜为镜，可以正衣冠；以人为镜，可以明得失；以史为镜，可以知兴替。世界上最难看清，也最难看懂的是自己。有时，我们真的要停下脚步，静下心来，好好地端详自己，看看自己有多少分量，看看自己长得有多俊俏或多丑陋。只有找准自己的定位，看清自己的面目，才不会不知天高地厚，才不会沾沾自喜，才不会居功自傲，才不会自怨自艾，才不会跪地哀号。

五要带上哈哈镜。取悦自己比取悦别人来得更为重要。有时，我们要善于自嘲自笑、自娱自乐，适当地扭曲自己，看轻自己，贬低自己，释放自己，这样，才不至于自我压抑和自我沉闷，因为不断地调整，也就不会让你走向生命崩溃的边缘。

回想宋代名家苏轼为何屡贬屡悦，没有沉沦，也没有消沉，不是他愚钝，也不是他麻木不仁，而是他看懂了自然，看懂了社会，更看懂了自己。让我们笑迈轻步，莫听穿林打叶声，带上五镜，何妨吟啸且徐行，任凭一蓑烟雨，且看无风无雨亦无晴。

"五体"相联，方行致远

俗话说：志不同，则道不合；道不合，则不相为谋。所谓志同道合，指的是双方有着共同的梦想，共同的志向，共同的追求，共同的兴趣，共同的语言。唐僧西天取经，是为了求得正果、传播佛法。正是这一使命，将其师徒各自的命运紧紧地拴在了一起。若是没有唐僧的执着坚定，没有悟空的奇招妙术，没有八戒的憨厚可爱，没有沙僧的任劳任怨，没有白龙马的耐心沉稳，都很难完成这项漫长而艰巨的任务。

现代社会有一个热词，那就是必须要有团队精神。所谓的团队精神，其实就是团队成员之间必须肩并肩、背靠背、面对面、手拉手、心连心，也就是"五体"相联，才能走好致远。

要让团队具备强大的战斗力，必须肩并肩。生活中有诸多的压力，在面对责任与担当时，必须肩膀紧挨着肩膀，才能力扛大旗，才能勇挑大梁，才能不被打倒压垮。

要让团队成员没有后顾之忧，必须背靠背。武林高手过招，为了防止对方攻击，时常背靠着背，你护着我，我护着你。我是你的防攻之墙，你是我的坚强后盾；我是你的后背之眼，你是我的盲区之光。只有这样，才能实现三百六十度无死角，才能有所依托，才能突出重围，才能保全实力。

要让团队成员之间真诚相待，必须面对面。让成员之间真诚相待，不当面一套、背后一套，不当面不说、背后乱说，更不能背后捅刀，挖人墙脚，挖坑设陷。只有待人以诚，方能感人至深，才能消除隔阂，然后全力以赴。

要让团队走好走远，必须手拉手。所有的成功，都不可能一帆风顺，有风雨、有障碍之时，只有成员之间互相搀扶、彼此牵引，才能越沟排险，才能到达幸福与成功的彼岸。

要让团队成员不离不弃，必须心连心。生命旅程，难免有荆棘与坎坷，只有息息相通，才能不知倦怠。生活迷离，难免有冷酷与失落，只心怀温暖，才能不被冻伤。生机无限，难免有痴情与忘返，只有心拥航灯，才能不失方向。

人生是一趟没有回程的旅行，既然选择合作，就不要貌合神离；既然选择共处，就不要朝三暮四；既然选择远方，便全力风雨兼程。

向阳而生

"大海航行靠舵手,万物生长靠太阳",很小的时候,我们就会唱这首歌,随着年龄的增长,我知道自己已经从刚开始的只知其音、不知其义的懵懂期,步入了深明其义、深知其理的成熟期。这句话,既符合万物生长的自然规律,又符合人类与社会发展的基本规律。任何事物,都是物质与能量的聚合体,没有阳光,太阳系内的万物就没有能量的来源,也就很难正常生长。

朝阳初升,窗台上的绿萝长得特别茂盛,绿油油的叶子,像起舞少女的裙袂,令人陶醉。但仔细一看,靠近窗户那边的叶子,长得比另外一侧要茂密得多,并且更加肥厚壮大,原来它们每天都在追逐阳光,阳光照射充足的地方,长得自然会更好。

为了验证这个现象所蕴藏的规律,我仔细地观察了路边的行道树、田野里的庄稼、山上的杂木、阳台上的花草,结果发现它们都有一个共同的特征,那就是向阳而生才会枝繁叶茂。

植物尚且如此,那么动物是否如此,人类是否更是如此呢?查阅了科学文献,知晓广义上来说所有动物的生长均离不开阳光。其实,人类也一样,不但需要通俗意义上的阳光,更需要温暖、激励、关怀,因为这些也是"阳光",并且有时胜过科学层面的阳光。要让一个人更好更快地成长，我想应该多一些勉励，少一些指责；多一些温暖，少一些冷落；多一些宽容，少一些刻薄；多一些阳光，少一些阴雨。因为万物都喜欢向阳而生，人类自然也一样。

也许，我们在生活中缺少外部的阳光，缺少大爱与温暖，但有时，面对冷酷的现实，我们更需要可以激发内心的能量，来创造来自生命中的阳光，唯有这样，我们才会走得更加坚强。美国现代著名女作家、教育家、社会活动家海伦·凯勒年幼时，在失去听觉、视觉的情况下，通过沙莉文老师阳光雨露般的帮助与教导，让自己的内心渐渐变得强大，最后成名。并且，她用《假如给我三天光明》让世界上很多人从阴暗中走了出来，变得更加坚强伟大。像这样的例子不胜枚举，史铁生、霍金……他们无一例外都是不幸者，但最终通过外部阳光的温暖与内心的自我锻造，让自己走过了一段充满坎坷但却遍地开满鲜花的幸福之路。

此时，不由得让我哼起《道路》中的歌词："想一想过去，看一看如今，人生道路就是这样风风雨雨弯弯长长。看一看现在，想一想未来，挺起胸膛，努力开创道路将会充满阳光。生活中哪会没有苦甜，生活中哪会没有波澜？它会使你，它会使你变得更加坚强。"

海子说，面朝大海，春暖花开。而我在这里要说，万物同理，向阳而生。

人生何必负重前行

傍晚时分，落日与晚霞牵着手，行走在远方的天空，阳台上的茉莉花，散发出淡淡的清香。凝神远望，一座座青山与暮色同行，回眸细看，仙人掌的刺还是那么刚劲而锋芒。原来，世间万物，都在"海"的世界里不断穿行，也都在"海"的胸怀里不断徜徉。

生命中的每一个人，都在茫茫"人海"中出现，又在茫茫"人海"中翻腾，最后在茫茫"人海"中淹没，曾经留下的波痕，无论惊涛，还是细浪，随着岁月的流逝，都会慢慢归于平静，并最终消失得无影无踪。

人生何必负重前行，年轻的时候，我们热血沸腾，成功的时候，"心海"荡漾，当年老的时候，骇浪便不再汹涌。往事如风，许多经历的事情，由于刻骨铭心，便印在"脑海"，但随着时光的流转，最后的我们，会把什么都从"脑海"里抹去，甚至包括自己。

人生何必负重前行，卸下浓妆，露出素颜，放下包袱，淡泊名利，便会在"林海"中找到属于自己的那棵参天大树，或是那棵无人知道的小草，便会发现自己的周围风景如画，因为在那里既有春花、夏荫，还有秋月与冬雪。当满山的红叶映红了天边，你在瞬间，便会发现原来翠绿的后面，还有那些红红的火焰。

人生何必负重前行，每天面带微笑，便会四季如春，阳光普照，开满鲜花，那时的你，便会生活在浩瀚的"花海"里。太多的计较，太多的牵挂，太多的追逐，太多的算计，会让眼前的鲜花快速凋零，虽说"落红不是无情物"，但落红归根，毕竟已是东流去。

人生何必负重前行，当我们从这个世界上离开的时候，绝不会带走香车与美女，也绝不会带走名利与头衔，唯一能带走的只有属于我们自己的那个宝贵的灵魂，因为我们最终的归宿，就是消失在茫茫的那片"云海"，随风而去，虚无缥缈。

人生在世，应该有责任与担当，但必须从容前行，学会放下与舍弃，才能使自己走得更轻、行得更远。只有轻装上阵，才能洒脱自若；只有放下怨恨，才能随遇而安。人生的目的，不在于终点，而在于沿途能看到多少美丽的风景。

曾经走过的风雨，会逐渐被世界忘记，人生何必负重前行，迈开脚步，才能走向远方。

生命总是在得失间轮回

失之东隅，收之桑榆；塞翁失马，焉知非福。得失是生命中的一种常态现象，生命总是在得失间轮回。人生在得到的同时，定将有所失去。人生在失去的同时，定将有所收获。

得失的选择，是一种价值观，更是一种人生观。人往高处走，水往低处流，海鸥选沙滩，蝴蝶恋花丛，但在选择的同时，便意味着放弃，便有了得与失。得与失相生相克，纠缠不清，而在得与失之间徘徊的我们，又应该如何面对呢？

苏轼面对变法派和保守派的各自拉拢，毅然舍去厚禄，即使被贬也在所不惜。纵然他舍弃了许多，世间却因此造就了一位大文豪，那波澜壮阔的豪放词篇又何尝不是一种获得？陶渊明面对黑暗的官场，在无奈与彷徨之后，毅然选择了隐归田园而居，因此却获得一份淡然，那采菊东篱与悠见的南山，又何尝不是一种获得？李清照失去的是温馨舒适，但却留下了"莫道不销魂，帘卷西风，人比黄花瘦"的千古绝唱。爱因斯坦追求科学，崇尚真理，远离物质享受，舍弃外在修饰，终于发现了相对论。牛顿致力于自然现象研究，废寝忘食，煮表当蛋，最终成为科学界一颗耀眼的明星。同样，没有陈景润的忘我工作，哥德巴赫猜想的证明将毫无进展；没有居里夫妇一次次的筛选提炼，放射性元素镭也许还被深藏在某个角落。袁隆平从事杂交水稻研究，一生只为一事来，却解决了全球四分之一人口的温饱问题，得到的是人们的永恒致敬。

除了人类社会，大自然也一样，都在得失之间轮回。花蕾失去沉睡的畅快，却给了大地一片灿烂的色彩；白雪停下了飞舞的脚步，却装点了一个银装素裹的绝美世界；大坝挡住溪流的脚步，却成就了湖泊的深邃；沙粒失去了平淡与自由，却成就了珍珠的璀璨……

前辈先哲已为我们做了榜样，教给我们人生该如何取舍，得失该如何面对。若要保守，就要放弃创新；若要闲适，就要远离束缚；若要愉悦，就要忽视他人的评价；若要追求，就要放弃安逸享乐；若要奉献社会，就得抛舍私欲贪念。

生命总是在得失间轮回。静待花开，才能遇见春光明媚。奋力拼搏，才能赢得身后佳评。你若盛开，蜂蝶自来。你若精彩，天自安排。让我们拥有一份淡定与从容，笑看云卷云舒，在这个喧嚣的世界里不再一路狂奔、无地自容。

找一片落叶给自己

记得在读中师时,老师给我们布置了一项作业,那就是制作银杏叶标本,银杏叶那金黄透彻的样子,着实可爱,时隔多年,仍然印象深刻。

秋风无情送落叶,落叶有情问秋风。有时,生活把我们折磨得疲惫不堪,是因为我们负重太多,有的舍不得,有的抛不掉,有的忘不了。怎么样才能使自己自然而然、挥洒自如呢?那就请你找一片落叶,送给自己,因为从它那里你可以得到无限遐想与万般启迪。

落叶,是树木为了适应大自然的变化而做出的舍弃。人生有时也是为了适应社会,而不得不抛弃或牺牲一些东西,有时是金钱,有时是地位,有时是亲情,有时是友情,有时是健康,有时是名声,甚至有时是最可贵的尊严……因为到了一定的时候,舍弃部分无关求生的东西,让自己能够坚强地活下去,显得比什么都重要。

找一片枫叶给自己,因为它越到深秋越红得可爱,但可爱的最终归宿,也是随风飘零,最后落叶归根。殊不知,它的一生,是多么的浪漫,多么的精彩,从萌发到青葱,从青葱到老成,从老成到重回大地。

找一片梧桐叶给自己，因为法桐的落叶特别大，大得超过了一般成年人的手掌，而它掉下来的时候，却显得那么轻盈，因为它失去了水分，放弃了牵挂，所以变得从容潇洒。

找一片榆叶给自己，家门口的那棵老榆树，树龄大约有两百年，它所飘落下来的叶子，红黄相配，胜似人间珍藏。它虽然只见证了生命中某一时段的无限精彩，但却因为曾经的热情奔放而变得隽永深沉。

在倦怠的时候，请你找一片落叶给自己，因为它可以让你放眼未来、不再颓废。在焦躁的时候，请你找一片落叶给自己，因为它可以让你看淡云雾、闲逸自在。在痛苦的时候，请你找一片落叶给自己，因为它可以让你正视现实、珍惜现在。

秋风它吹散了落叶已无痕，尘封的记忆里仅存有那份真。时光它抚平那当初怦动的心，转身一走，从此就再无那缘分。倾听《如水年华》，顿感人生如歌，让我们一起去找一片落叶，远离烦躁与不安，使内心得到安顿与抚慰；让我们一起去找一片落叶，提起精神与勇气，使意志得到考验与磨炼；让我们一起去找一片落叶，忘却忧伤与愁苦，使生命变得多姿又多彩。

给自己找一个支点

古希腊数学家、物理学家阿基米德曾说过："给我一个支点，我就能撬动地球。"要实现这一目标，首先，要有一根足够长的杠杆。其次，杠杆要有足够的硬度或柔韧性，更重要的是要找准一个支点。因为支点决定着力臂的长度，也直接决定着力的作用效果。

人生在世，都有自己的理想，追寻并实现理想的过程，其实就是用杠杆去撬动灵魂的过程。但要撬动灵魂，必须找一个人生支点，才能使生命的杠杆不再严重变形乃至断裂，也才会使人生旅程不再变得孤单寂寞。

在这个过程中，有的人找到的支点是权位。在他们看来，权力是灵魂起舞的跳板，只有权力才能使自己到达人生的顶峰，才能光宗耀祖，才能让别人看到自己亮丽的光芒。有的人找到的支点是金钱，他们认为金钱可以解决一切问题，金钱可以让人变得富足，可以让灵魂得到升华。有的人找到的支点是所谓的豪宅、美女和香车，因为他们觉得所有的英雄都抵挡不住物欲的追求，更难过美人之关。

但是，他们殊然不知，所有的权力其实是一种服务，这种服务就是让社会与他人更加充满幸福与温暖。所有的财富其实是一种暂时的拥有，过于追求金钱与财富，人生就会变得苍白与无味。

南朝四百八十寺，多少楼台烟雨中。万里长城今犹在，不见当年秦始皇。物质性的东西，都将随着历史的变迁和拥有者的离去而化作尘土。只有非物质性的东西，才可以经受时间的敲打和风雨的考验。对高雅精神的孜孜所求，对远大志向的一往情深，对大千世界的不懈探索，对人间冷暖的倍加珍惜，对平淡生活的痴然相爱……也许，这些才是我们应该寻求的支点，因为只有这样，才能使我们的生命除了长度，还有了厚度，除了有浓度，还有了烈度，除了有风度，还有了温度。

沏上一杯清茶，醉听一曲音乐，遥望前方，群山绵绵，蓦然回首，轻风卷帘。让我们远离浮躁与喧嚣，找准一个支点，握紧人生的那根无形杠杆，去撬动自己曾经失落的世界。

在舍与不舍中渐渐远行

在喧嚣的世界里，日子总是那么容易悄悄地溜走，在这之间，我们有太多的牵挂与不舍，但有时又不得不舍，岁月总是那么无情，最后我们只能在舍与不舍中渐渐远行。

有时，在人生路上，我们为了所谓的名声，而清寂孤冷、奋力拼搏，甚至苦苦挣扎，所得到的可能是九尺牌坊或备受点赞，但我们却失去了自我与自由，失去了爱情、亲情与友情，失去了快乐的闲暇时光。

有时，我们为了追求所谓的利益，而钩心斗角、自私贪婪，甚至作茧自缚或画地为牢，所得到的可能是银行卡上的几位数字，或者是不动产登记本上所记载的几行文字，但我们却因此而失去了道德的底线，或者失去了人格的尊严，甚至失去宝贵的生命。

有时，我们为了追求所谓的自由，而无视规定、忘记规则，甚至踩踏红线、丧失底线，所得到的可能是任性自在，或者是散漫逍遥，但我们却因此失去了谨慎、勤劳、善良的底子与本性。

有时，我们为了追求所谓的美色，变得赴汤蹈火、在所不辞，抛弃了体弱年迈的父母，抛弃了曾经温暖相拥的糟糠之妻，抛弃了执着追求的愿景与梦想，抛弃了信誓旦旦的承诺与宣言，所得到的可能是稍纵即逝的一份轻柔与温存，但最终都会因为失去珍贵的亲情、友情和爱情而变得难以入眠。

有人说，人为财死，鸟为食亡。一个人，如果为了财富的积累与自由，而不顾一切，那财富的拥有又有什么价值？如果为了求得富贵，而众叛亲离，那我们所得到的生活又有什么意义？但我们总是在舍与不舍之间不断纠结，有时好聚好散，有时难舍难分。

人世间，不舍的东西固然很多，但很多时候虽然不舍，却又不得不舍。孩子渐渐长大，要谈婚论嫁，要外出谋生，要远走高飞，骨肉亲情让我们依依不舍，但生存发展又使得我们与孩子不得不舍。冬天的日子，躲在被窝里，我们不舍得爬出来，但为了生存，又不得不爬出来，不得不暂时抛弃所谓的舒适与温暖。权力的诱惑，金钱的魅力，色欲的高涨，使得我们在获得的同时，丢弃了青春、自由、单纯、善良、尊严，乃至生命，让我们难以自拔、沦落红尘。

岁月无情，红了樱桃，绿了芭蕉，晨钟暮鼓之间，我们又与时光擦肩而过。让我们学会自如地在舍与不舍中渐渐远行，不留遗憾，不留背叛，更不留伤痛。

在入世与出世之间徘徊

人活在世上,迫于生计或近于世俗认知,不得不混迹江湖,也就是要学会入世。但入世之后,会面临许多困顿与不解,活得疲惫不堪,或被撞得头破血流,这个时候,又需要学会出世。总之,人的一生始终在入世与出世之间不断徘徊。

人活在世上,需要有目标,有责任,有担当,需要负重前行,需要直面挑战,需要追求自我价值的存在。世俗的功名利禄,对常人来说,都具有强大的诱惑力,它犹如一块巨型磁铁,让你难以脱离,并且有时还围着它团团转,并且觉得理所当然甚至是命中注定。

沉舟侧畔千帆过,病树前头万木春。斗转星移,时光荏苒,社会始终不断地滚滚向前发展。社会需要我们有正确的入世观,对未来要有所憧憬与追求,一生应该有所作为,无论是为个人,还是家庭、国家,乃至整个人类社会。读书时的孜孜不倦,工作时的废寝忘食,垂暮时的万般牵挂,都是传统入世观影响下的外在表现。对于入世,我们无须非议,也无法逃离,只有醉心于热爱的事业,才会过得从容自在。

晋陶渊明在《归去来兮辞·并序》中说:"鸟倦飞而知还。"

在人生的后半程中,他找到了"锄豆南山,采菊东篱"的人生乐趣。有时,我们确实也要在入世的忙碌或是倦怠中学会出世,因为出世是对入世的一种平衡,一种超脱,一种自我疗愈。

当你遭遇挫折时,你要知道人世间哪来一帆风顺;当你倍感委屈时,你要知道人世间岂有诸事如意;当你失去健康时,你要知道人世间定有生老病死;当你被限制自由时,你要知道人世间哪来绝对自由。只有学会了自我调整,才能在孤独、压抑、痛苦中不断地成长、成熟,才不至于迷失方向,才不至于心浮意躁,才不至于怨天尤人。

人生在世,入世时要无怨无悔,出世时要无牵无挂。无论入世与出世,只有看透、悟透人生之路,才不至于迷路、无路,甚至走上绝路。

人生总是在入世与出世间不断徘徊。人生在世,既要学会入世,热爱自然,热爱生活,热爱自己,拥抱本属于自己的那一份不懈追求。又要学会出世,忘却烦恼,忘却疼痛,忘却非议,忘却本不该忘却的那一抹淡淡回忆。

无根无花亦无果

植物的生长，都需要扎根于土，或下沉于水，没有根系，便不能正常生长，也难以开出绚丽之花，更谈不上结出果实。

大年初一，惊闻国足以1∶3败给了越南，输了一场不该输也不能输的球，无缘2022年卡塔尔世界杯。纵观网上众多评论，甚觉"无根无花亦无果"一言，直接推定了其中的前因后果。

高楼大厦没有基础，或基础不牢，注定会轰然倒地。竞技体育与其说比的是综合实力，其实真正决定胜负的是主流观念，是我们的选人用人机制，是我们的育人模式与评价体系。当国外的中小学生在绿茵场上奔跑的时候，我们的孩子正在搞题海战术，加班加点成了众皆认可的"游戏"，唯分是上、单一路径成了扼杀个性发展的罪魁祸首。学生每天不断地刷题，教育犹如工业生产，变成了流水线，同一条标准，同一个模子，禁锢了学生的创造力与想象力，以分数论英雄，似乎已经成为阻碍我国实现从制造到创造跨越的一道难以逾越的鸿沟。

由于我们推行了"只求花果不求根"的教育，孩子的童年便没有真正的乐趣，少年时便没有灿烂的笑容，青年时便没有发展的后劲，中年时便没有跨越的资本，老年时便没有闪亮的目光。

当心理问题越来越多，内卷逐渐变为煎熬，竞争愈演愈烈，那么，最后培养出来的都是一些面容憔悴、缺少精神气的所谓考场上的战斗英雄。如此这般，国足不要说米卢，或许神仙也是回天无力。

俗话说：欲速则不达。要想成为钢琴家，必须先从音阶、练习曲抓起，而不是稍一入门，便每天强练独奏曲。要想成为书法家，必须从一撇一捺开始，而不是即刻自成一体。要想成为文学家，必须从描摹一体一物开始，而不是迅速下笔，速战速决。足球也一样，要想成为顶尖高手，必须从小抓起，苦练基本功，最终才会再创佳绩。

近观我们周围，许多急功近利的做法，催生了一批批忘本忘根的所谓奋斗者、创新者、成功者。他们没有长远的构架，只图眼前的利益；他们实际上没有创新，而是把人家创新的技术运用得炉火纯青；他们没有成功，因为没有给后人留下催人奋进的精神引领。他们最终的宿命，没有丝毫的青春与活力。

杨柳的扦插，其成活的前提条件，是必须先长出根，否则便会枯败死亡。其实，很多领域的发展都是如此。没有顺应发展规律，没有从基础源头抓起，脚踏实地，便出不了人才，即使偶尔凭借运气，那也是昙花一现，稍纵即逝。

世界上许多发达国家为什么有那么强劲的发展潜力，其最根本的原因，就是重视根的栽培，根系发达了，就不会担心枯萎。

如果我们现在还是完全以结果论英雄，不追根溯源，只关注花与果实，忽视根的生长，甚至拔苗助长，那么，等待我们的最终结局注定是无根无花亦无果。

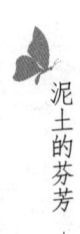

染　发

　　风尘染了岁月，青丝变成白发。随着年龄的不断增长，白头发渐渐多了起来，刚开始只有少数的几根，每次理发，都要求理发师小心翼翼地将其剪去，后来发现越来越多，理发师也告诉你说再也剪不完了，任其自然可能更好，因为这本身就是岁月的印证。

　　不知是因为遗传基因不够强大，还是过分操劳，抑或是营养缺失，有些人年纪轻轻便满头白发，有些人才到中年，便黑白参半，但有的人，到了七八十岁都还是满头乌发，令人羡慕。同事的一位老母亲，据说到了九十多岁，居然还是满头乌发，真的令人羡慕有加。

　　但凡染发，究其原因无非是这么几种：有的是为了赶上潮流，特别是年轻人，青春焕发，时而弄点黄的，时而弄点绿的，时而弄点白的，时而弄点多种颜色搭配在一起的，有的是头发的末端染点小色，有的是全头尽染。在这些人眼中，他们觉得这样才显得勇立潮头，他们追求的是时尚，他们渴望的是能够吸引众人的目光，显得别具一格，超人一等或胜人一筹。

　　还有一些人是为了掩饰，岁月无情，青春不在，昔日的乌发已经褪色，取而代之的是两鬓斑白，或霜色微染，但从内心来讲，许多人又不愿意老去，更不愿意承认自己已经老去，为了掩盖时光的侵蚀，便用所谓的美容手段，脸上贴面膜做护理，尽量减少皱纹，头发染黑或染黄，尽量掩饰苍老，让外人觉得自己仍还年轻，从而求得心理上的一丝慰藉。

更有一些人是因为无奈。《战国策》中曾写道："士为知己者死，女为悦己者容。"为取悦他人，或迎合需求，有的人不得不给自己戴上一层所谓的面纱，尽管虚假，但却十分管用，至少在对方看来，达到了一定效果。这种对象，他们的初衷是想回归本原，但在外界强大的压力之下，外观也不得不发生变化，确实属于一种无可奈何。

流光容易把人抛，红了樱桃，绿了芭蕉。其实，一个人无论是否染发，并不重要，重要的是要让自己的心态回归现实，回归自然，回归宁静，不被外物所干扰，不被世事所困扰。不要太在乎别人的眼光与评价，永远保持一颗年轻、善良而真诚的心，唯有这样，我们才能青春不老、风采依旧，才能让自己活得分外妖娆。

随缘而去，尽兴而归。百年修得同船渡，千年修得共枕眠。人与人之间的相遇、相处、相知、相守、相离，既是机遇，更是缘分。一个人的出生、就学、交友、择偶、从业，到最后渐渐老去，其间有太多的不确定性与确定性。说其不确定，是因为万物无时无刻不在变化。说其确定，因为万物兴衰，自有安排，或者早已注定。

诗仙李白，斗酒下肚，作诗百篇，其在《将进酒》中直言："人生得意须尽欢，莫使金樽空对月。天生我材必有用，千金散尽还复来。"诗中表露其既尽酒兴，又尽诗兴，因为在诗人看来，喝酒就要喝出感慨，喝出境界，喝得尽兴。

"千古第一才女"李清照，在《如梦令》中写道："常记溪亭日暮,沉醉不知归路。兴尽晚回舟,误入藕花深处。争渡,争渡,惊起一滩鸥鹭。"她沉醉的不单单是溪亭美色,更是酒兴方酣,游兴正足,至今读来,还是那么令人沉醉、催人向往。

豪放派词人苏轼,之所以豁达豪放,不仅在于其才华横溢,关键在于善于调整内心,他能随缘而去,又能随遇而安,他能倍受重用,又能甘守寂寞,多次被贬,均能正视,多次受诘,皆能轻看。其平淡的心态,在作品《定风波》中表现得淋漓尽致:"莫听穿林打叶声,何妨吟啸且徐行。竹杖芒鞋轻胜马,谁怕?一蓑烟雨任平生。料峭春风吹酒醒,微冷。山头斜照却相迎。回首向来萧瑟处,归去,也无风雨也无晴。"这是何等的从容,在诗人看来,即使风吹雨打,亦要披蓑远行,终将斜阳相迎。做人就应学苏轼,活得潇洒,活得悠然,活出自我和精彩。

喝茶,同样要喝得尽兴,白居易在《两碗茶》中所写:"食罢一觉睡,起来两瓯茶。举头看日影,已复西南斜。乐人惜日促,忧人厌年赊。无忧无乐者,长短任生涯。"诗人觉得,人生在世,应当无忧无乐,清茶两碗,足以浸泡时光,活得自然。

纵观古今,大凡深思之人,均爱静坐对弈。山谷道人黄庭坚在《观叔祖少卿弈棋》中有言:"世上滔滔声利间,独凭棋局老青山。心游万里不知远,身与一山相对闲。夜半解围灯寂寞,樽前翻却酒阑珊。因观胜负无常在,生死□□□不关。"诗人忘却名利、青山相伴、闲度时日的生活追求,跃然纸上。

其实,人在江湖,身不由己。古人尚且如此,何况今人。有些事情,既然命运早已安排,终究逃离不过。让我们踏着时光,泛舟前行,少一些埋怨,多一些感激;少一些计较,多一些包容;少一些纷争,多一些理解;少一些自责,多一些内省。胸无杂念,一心走路,无论风雨,随缘而去,尽兴而归。

后　记

　　二十世纪七十年代，我出生在一个贫苦的农民家庭，父亲是一个打铁匠，半工半农，大部分时间要到生产队劳动，偶尔外出替人家打造锄头、柴刀、菜刀等农用工具。他个头矮小、体力单薄，生产队里记工分的时候，大多数男工每天记十分，而我的父亲只能记九点五分。母亲是个装卸工，也是半工半农，如有货物拉到镇上，她便约上几位同伴去装卸，那些货物，轻则几十斤，重则两三百斤，特别是食盐和磷肥，一麻袋足足两百来斤，还有整桶的菜油，每桶有三百多斤，这样的重物，对于一个妇人来说，如果不是为了生计，那绝对是扛不动的，但那时母亲为了养家糊口，硬是扛了下来，并且，每天回家，脸上始终洋溢着灿烂的笑容，因为她知道通过自己勤劳的双手，家里的柴米油盐又有着落了。

　　记得那时，大部分农家孩子都要跟随父母去砍柴、插秧、割稻、种菜，所以经常面朝黄土背朝天，呼吸的是那一缕缕沁人心脾的泥土的芬芳。所以，我在给本书取名时，思虑良久，最后，觉得自己出身草根，圈子又在草根，思维与感悟都来自草根，于是干脆用"泥土的芬芳"这一书名，以表达对农村、农业、农民以及出身于"三农"的企业家们的深深印记与无限眷恋。

草根的出身,促使我刻苦学习、加倍努力,功夫不负有心人,十六岁那年,我终于考上了中等师范学校,端起了当时众人羡慕的所谓的"铁饭碗"。师范毕业后,被分配在一所农村中学,所接触的大部分是质朴善良的农民以及他们的后代,他们古铜色的脸、质朴的情怀、纯粹的思想、对未来充满无限憧憬的双眼,至今让我印象深刻,我从他们身上学到的是善良与勤劳,还有那纯朴与无私,以致我从教三十多年,一直把善待每位教职员工、每位学生、每位与我们擦肩而过的人,当作自己的人生信条,从不违背。本书第一部分"往事如风"所记录的片段经历,也许,能勾起大家对过往时光的段段回忆。

随着年龄的增长、工作的变动、岗位的变迁,结识的人也慢慢多了起来,除了老本行——教育这个圈子之外,又认识了一批事业有成的企业家,于是,又想到用文化与他们开展交流,用文字记录他们创业的艰辛、为人的低调、承载的爱心以及彼此间真挚的友谊。在他们的身上,既有流淌的汗水,也有辛酸的泪水,甚至受伤的血水。他们的身上有一个共性,那就是始终洋溢着那泥土的芬芳。正是这缕芬芳,让他们知道自己从哪里来,又将到哪里去。那满腿的泥泞,既是他们岁月的见证,更是他们绝美的回忆。无论干哪一行,无论干哪些事,他们都像中了魔法,都会始终坚守,都能全力以赴。本书第二部分"以文会友"侧重写自己与几位企业家之间的交流、畅谈与彼此间的心灵相通。

我从小读书偏重理科思维,数理化学得较好,而语文则成了短板,直到工作之后,通过中文专业的函授学习,才慢慢对文学有了兴趣,深感文学作品的无限魅力,也才渐渐掌握了一些写作的基本策略与技巧。本次提笔写作,也是鼓了一番勇气,费了一番周折,才勇敢地将自己的心路历程和对自然、社会、世界、人生的一些看法展现出来,与大家分享。本书第三部分"世事有常"侧重对大千世界的观察与思考。

  在本书的写作过程中,得到了家人的支持、前辈的指点与同事的勉励,在此深表谢意。本书乃本人处女之作,定有不少粗糙之词与缺憾之页,望能海涵并提出宝贵意见。最后,希望本书的一些草根视角、草根思维与草根感悟,能给大家带来些许启迪与快乐。